Haruka & Onizuka
「狂犬」

急いで体を起こそうとしたが、胸の上に乗っていた両手を、しっかりバスローブの紐で縛られていることに気が付いた。しかも鬼塚の足が立佳に絡んでいて、身動きが取れない。
「おおっと、動くとほら、水が零れるだろ」
そのまま鬼塚の顔が近づいてきて、ぺろっと舌先で溶けた滴を舐め取っていった。
（本文P.57より）

狂犬

剛しいら

キャラ文庫

この作品はフィクションです。
実在の人物・団体・事件などにはいっさい関係ありません。

目次

口絵・本文イラスト／有馬かつみ

銃を手にするとぞくぞくする。金属のもたらす冷たい感触が何ともいえない。

そして重さだ。男の大きな手の中で、ずっしりと重さを感じさせてくれるのが何より嬉《うれ》しい。

「コルト・ガバメント。昔はアメリカの警察官なんかが、よく使っていた銃だ」

弾倉を外し、再び装塡《そうてん》することを繰り返していた鬼塚流動《おにづかりゆうどう》は、再び弾倉を装塡してから、遊底《ゆうてい》を引いて発射準備を整えた。

「使いやすいし、至近距離からの殺傷力は高い。だが欠点は、弾倉に弾が七発しか入ってねぇんだよ。最初に装塡されるサービス弾があるから、実際は八発撃てるけどな」

慣れた様子で鬼塚は、引き金に指をかけた。

「オートマチックで、二十発以上撃てるのがあるからな。敵がそっち持ってると、こっちはどう考えても不利だろう。そう思わないか?」

鬼塚はぴたっと銃口を目の前にいる男に向ける。

全裸でパイプ椅子に縛り付けられた若い男は、目を大きく見開いて、恐怖に震えていた。

「射程距離は五十メートルと言われてる。もし、あんたがオリンピック選手並みの脚力を持っていたら、俺が弾倉を装塡して、撃てる体勢を整えるまでに逃げ切れる計算だな。違うか?」

「お……鬼塚さん、もう勘弁してください……」

男の口から、嗚咽《おえつ》とともに微《かす》かな声が聞こえてきた。けれど鬼塚は無視して、さらに独り言のように話し続ける。

「さっきからやってんだけどよ。弾倉、入れて撃てるまで、どうしても三秒近くかかるんだよ。情けねぇよな。ちょっとこれは遅いだろ」

「すいませんでした。二度と、こちらのシマでは、おかしな真似しませんから」

「昔は二秒でやれたのによ。三秒だと、単純に計算して、メダリストだったら三十メートルは逃げられる。後は俺の射撃のテクニックにかかってくるんだろうな。昔は、野兎《のうさぎ》だって外さなかったけどな。アル中でもないし、ヤク中でもないから、腕は鈍ってないと思うんだよ。そこでチェン、試してみようか？」

にこっと笑って、鬼塚は銃口をチェンの足下に向ける。そしていきなり引き金を引き、足を縛っていた縄を一瞬で切り裂いた。

チェンはひーっと叫んで、パイプ椅子ごと後ろに倒れる。それまで黙って見守っていた鬼塚の部下が、片足だけ自由になったチェンの体を、椅子ごとまた元に戻した。

足には血が流れているけれど、弾が食い込むようなことはなくて、激しくこすられたような傷跡があるだけだった。

「チェン、鬼ごっこしたくないんなら、綺麗《きれい》に吐いちまいな。俺のシマでよ、堂々と女売り捌《さば》いたりしてんじゃねぇよ。日本で働くつもりで来たネェチャン達を、よその国に転売してたんだろ？　小汚い商売しやがって」

「め、命令されたことを、しただけ。何もかも話す、話すから」

「いいねぇ、銃で脅されただけで、べらべら喋《しゃべ》るやつは大歓迎だ。何より、部屋が汚れない。死体一つ始末すんのだって、今は大変なんだぞ」

鬼塚は煙草を咥《くわ》える。すると背後にいる部下が、さっと火を差し出した。

「で、どこに売り払ったって？」

ゆっくりと紫煙を吐き出しながら、鬼塚は再び起こされたチェンの体をじっくり観察する。性器は項垂《うなだ》れ、陰嚢《いんのう》は縮み上がっていた。殴られて出来た痣《あざ》は気にならないが、腕にある無数の瘡蓋《かさぶた》が気に入らない。注射器を突き刺した跡に思えたからだ。

「ロ、ロシア。ロシアだ。貨物船の底に隠して、北海道《ほっかいどう》から船が出る」

「北海道？　遠いじゃねぇか。今から、正義のヒーローごっこを俺にさせるつもりか？　その船は、いつ港を出るんだ」

抑揚のない声で言いながら、鬼塚は苛立《いらだ》ちがつのるのを感じた。今から北海道に行くことを考えると、時間が無駄に思えるのだ。それに今日はもう一つ、しなければいけないことがある。こんなことに付き合っている時間はなかった。

「おい、森下《もりした》。船の名前控えて、いつ出航かすぐに調べろ。時間がねぇなら面倒だ。サツにこのネタ売っちまえ」

「そりゃ、やばいです。女達は、新宿《しんじゅく》で働く契約になってるんで」

背後にずっと控えていた鬼塚の片腕、森下が低い声で呟《つぶや》く。百九十センチの鬼塚より、さらに十センチは背が高く、格闘技の選手相手でも引けを取らない逞《たくま》しい体をした森下は、細い目をさらに細くしてチェンを睨《にら》み付けた。

「北海道の組に、助っ人頼みます。自分、行って仕切りますから、鬼塚さん、ここはもう構わず、次に移動してください」

「ああ、そうするか。ったく、つまんねぇことで、時間潰《つぶ》した。チェン、生きていたけりゃ、それなりの金を用意しろ。ただし、女子供を売り払って作ったような、汚い金なら受け取らない。俺を甘くみないほうがいいぞ。あっさりと撃ち殺してやるほど、優しくねぇから」

鬼塚が立ち上がると、背後にいた男達がいっせいに姿勢を正す。

「沢田《さわだ》、雪代《ゆきしろ》、ガードしろ」

そう命じると、スキンヘッドのまるで双子のようによく似た男が二人、影のように鬼塚の後に従った。

建物から外に出ると、そこは埠頭《ふとう》に並んだ倉庫群の一角だった。数台の車が駐《と》まっていたが、その中の黒のクラウンに鬼塚は乗り込む。

「チェンがもう少し可愛げのある男だったらよ。一発、かましてやったのにな。あれじゃ触手が動かねぇ」

苛立った様子で煙草を咥える鬼塚に、助手席から手を伸ばして沢田が火を点《つ》けてきた。

「六本木《ろっぽんぎ》でいいですか？」

訊《たず》ねる沢田の後頭部には、小さな蜘蛛《くも》の刺青《いれずみ》がある。それがよく似た二人を見分けるには、有効なのかもしれない。

「ああ、アルカドスとかってクラブだ」

雪代はゆっくりと車をスタートさせる。一見すると、普通の車にしか見えないこのクラウンだったが、窓は防弾でエンジンにも細工がしてある。ナンバーも随時取り替えられるようになっていた。

けれど走行は穏やかだ。車体はピカピカに磨かれているから、どこかの企業の社用車のようにも見える。夜になって空いてきた道路を、クラウンは東京湾沿いから六本木へと向かう。

鬼塚はスーツのポケットから、先ほどのコルト・ガバメントを取りだし、弾倉の装着を繰り返している。

「おっ、二秒だ。これだと完全に二秒で撃てるな。マシンガン相手じゃ勝負にならねぇけど、ありがたいことに日本って国は、マシンガンぶら下げて来るやつなんていねぇからな」

「鬼塚さん……それが一番気に入ってるんですか？　自分は、もう少し弾の多いオートマチックが好みですが」

沢田が遠慮がちに言ってくる。

「まぁな……実戦なら、弾数多いに限るが……日本での銃の正しい使い途は、こけ脅しの道具さ。違法のものを持っている。それだけで特別な存在認定だ」

鬼塚はゆっくりと、少しウェーブのかかった長目の髪をかき上げる。すると額にある、微かな傷跡が覗《のぞ》いた。

黙っていると、かなりの色男だ。穏やかな目には、人を脅している時の凶暴な光は宿らず、どこか哀しげにも見える。

恐ろしい言葉を平気で口にするが、身内に対して言葉掛けする時は、表情も穏やかで優しい雰囲気すら感じられた。

だが一度怒り出すと、凶暴で冷酷な男に豹変《ひょうへん》する。

車は六本木に到着し、目的のクラブの近くで駐車された。たった三人だが、歩き出すと自然と通行人は彼らを避けた。何ともいえない威圧感があって、ただ者じゃないと思わせるからだ。気軽に誰にでも声を掛ける呼び込みも、彼らが近づくとそれとなく視線を外した。

「ここか……」

看板には『クラブ・アルカドス・B1』と書かれていた。

そのまま鬼塚は階段を下りていく。するとドアの前にいた、大柄な黒人がそれとなく立ち塞《ふさ》がった。

「オンリーイベント。チケット、プリーズ」

「チケットなんてねぇよ。白《はく》に会いに来た。いるんだろ？」

黒人はチケットプリーズと繰り返す。すると鬼塚は、黙って黒人の鳩尾《みぞおち》を殴り、瞬時に気を失わせてしまった。

「形だけかよ。使えねぇな」

ドアを開くと、鬼塚はそのまま入っていく。

中は大音量で音楽が流れていた。ゾンビ集団のように、狭いクラブを埋め尽くした客がゆらゆらと踊っている。明らかに場違いなスーツ姿の三人は、すぐに数人のスタッフらしき男達に囲まれていた。

「何か……用ですか」

髪をドレッドに編み込んだ、国籍不明の男が訊《き》いてきた。

「警察……」

鬼塚の言葉を、すぐには誰も信じないだろう。後ろに控える二人は、どう見ても警察官という風貌《ふうぼう》じゃない。スタッフはバカにしたように笑ったが、すぐにその胸ぐらは摑《つか》まれ、足は宙に浮いていた。

「な、わけねぇよなぁ。分かってるじゃないか。だったらもう一つの可能性について、すぐに考えろよ」

「な、何なんだ、あんたら、これは別に違法じゃない。レイブパーティだよ」

「レイプパーティ？　そりゃまずいだろ」

気がつくと殺気だった若者が十数人、三人を取り囲んでいた。

「レ、レイブ。音楽パーティだっ」

「ごめんな、オジサン、若者文化に疎くってな。まぁ、レイブでもレイプでも、そんなに意味は変わんねぇだろ。やりまくってるやつらもいるみたいだし」

鬼塚がちらっと視線を向けた先では、薬でいってしまっているのか、周囲の視線も気にせず絡み合っている男女の姿があった。

「なぁ、面倒はお互いいやだろ。白に会わせろ。いるのは知ってる……」

その時、不穏な空気に気が付いたのか、奥から真っ白なチャイナ服姿の若い男が近づいてきた。

「彼を下ろしてやってくれ。ボクが白だ」

漆黒の髪をした、まだかなり若く見える男だった。一重の目は切れ長で、細く尖《とが》った鼻梁《びりょう》の形もいい。明るいところで見たら、かなりの美青年だと分かるだろう。

「おい、中学生がこんなところで遊んでいていいのか」

それまで持ち上げていた男を、ぽんっと放り投げると、鬼塚は相好を崩して白と呼ばれている男を見た。

「さっさと家に帰って、受験勉強でもしろよ」

「……何の用だ。どこの組だか知らないが、脅しには乗らないよ」

「レイプだかレイプだか知らねぇが、大人しく音楽流して遊んでるだけなら、俺が挨拶《あいさつ》に来ることもねぇんだよ。ここのシマを持ってる組には、ヤクの売り上げからきちんと上納金を納めてるらしいからな」

鬼塚を目の前にして、白は顔色一つ変えない。何を考えているか、全く分からなかった。

それが鬼塚を苛つかせる。何十人いようと、こんなパーティを潰すくらい簡単に出来るが、それが目的ではない。

本名、王李白《おうりはく》、東大医学部の大学院に留学中というこの男の、素顔を見たかっただけなのだから。

「何を企んでる。日本の怖いオジサン達を、怒らせねぇほうがいいぞ」

「……」

白が笑ったように見えた。実際は形のいい唇の、口角が僅《わず》かに上がっただけなのだが。

「今日は忠告に来たんだ。金さえ渡せば、ヤクザでも自由に操れるなんて思わないほうがいい。今なら、そのキャリアに傷を付けることもなく国に帰れるが、これ以上おかしな真似をすると、下手すりゃ政治犯の肩書きが付くぞ」

「ご忠告はありがたいのですが、意味がよく分からない。レイブパーティで、薬物が裏で出回ることを警戒してるんですか？　警察でもないのに？　そもそもあなた、いったいどういった関係の人なんです？」

「そんなことは知らないほうが、お前のためにはいいと思うぞ。もう少し可愛げがあれば、愛人候補として考えてやってもいい面してんのにな」

鬼塚がにやっと笑うと、白は明らかに不愉快そうな顔になった。

どうやら不快感だけは、まともに表現することが出来るらしい。

「策士、策に溺《おぼ》れずだ。ぬるま湯育ちの日本の若者を、お前の実験材料に使うな。こんなバカでもよ。将来の日本を背負って立つ若者ってことに、一応なってるからな」

「……まずは、名乗っていただけませんか？」

白の細い目が、さらに細くなった。すると鬼塚は、いきなり白の顔に手を添え、両目を大きく指で開かせてしまった。

「その細い目を開いて、よーくこの顔覚えとけ。今はそれだけで十分だ」

「なっ、何をするんだっ」

数人の男達が、白を守ろうと動き出す。けれど沢田と雪代が、黙ったままですぐにその男達を殴り倒していた。

「肌は綺麗だな。お前、自分はあんまりヤクとかやっていないだろ。菜食主義者か？　中華の野菜料理は俺も好きだ。気が向いたら、そのうち、飯でも食おうぜ」

鬼塚は言いたいだけ言うと、くるっと踵《きびす》を返して出口に向かう。その間、自分の前に次々と飛び出してくる男達を、巧みにねじ伏せるのを忘れてはいなかった。

「構うな。行かせろ」

背後で白の甲高い声が響く。すると操られてでもいるように、男達の攻撃はぴたっと止まった。

話し声が途切れると、音楽が容赦なく鬼塚を取り囲む。

「トランスか？　あんまり好きになれねぇな」

出口では先ほどの黒人の大男が、やっと意識を取り戻し、ふらふらと立ち上がったところだった。そこに鬼塚は間髪入れず、また殴って意識を瞬時に失わせる。

「でけぇだけで、邪魔だ」

吐き捨てるように言うと、鬼塚は階段を上がっていく。音楽が聞こえなくなったのは、何より嬉しかった。

霞ヶ関《かすみがせき》にある中央合同庁舎第二号館の中に、国家公安委員会と警察庁がある。阿達立佳《あだちはるか》は長方形のあまり飾り気のない庁舎ビルを見上げながら、自分が課長に呼ばれた意味について考えていた。

立佳は東大法学部卒で、いわゆるキャリア組だ。ハーバードの院にも留学していたので、申し分ない学歴がある。卒業後は法務省に入りたかったのだが、ふとした気の迷いで自ら志願したのが、警察庁警備局テロリズム対策課だった。

出世するより、やり甲斐《がい》のある仕事に就きたい。そんな思いに取り憑《つ》かれてしまったのだ。そして選んだ職務は、立佳の期待を裏切ることはなかった。まるで世界の裏事情をすべて掌握するかのように、あらゆる情報に触れるチャンスがある。

引退したら、国際犯罪をテーマにした小説でも書くかなと思う。だが、二十八歳の立佳には、まだまだ先のことになりそうだった。

指定された会議室に入ると、立佳は自分の座った椅子の真下に、きちんとバッグを立てて置く。背筋を真っ直ぐに伸ばして座った姿勢には、乱れは一つもない。

濃紺のスーツ、白のシャツ、ネクタイは紺地にほとんど目立たない大きさで、白のスコッチテリアの柄が入っているものだ。

時計は父から譲り受けたロレックス、胸に挿したモンブランの万年筆は、祖父から譲り受けたものだった。

祖父は法務省、父は外務省、阿達家では代々男子は官僚となるのが普通だ。決して政治家にはならないというのが、どうやら掟《おきて》らしい。

立佳も政治の世界には興味がない。任期の間しか働けない政治家に、国を動かすことの本当の意味は分からないと、祖父から叩《たた》き込まれたのが原因だっただろうか。

「やぁ、どうも、待たせたか？」

親しげに声を掛けて入ってきたのは、外事情報部課長の木之下《きのした》だった。四十代前半で、いかにもやり手といった雰囲気を漂わせる、びしっとスーツを着こなしたその姿は、キャリア組の見本のようだ。立佳はすぐに立ち上がり、体を九十度に折って挨拶する。

「いえ……阿達立佳です。木之下課長と直接お話しさせていただけるのは、初めてかと思いますが、よろしくお願いします」

「ああ、そうだったな。これは特命なので、他の人間には一切他言無用だ。すべて、私を通して貰《もら》いたい」

いきなりの申し出に、立佳は課長の着席を待って椅子に座ったが、動揺を隠せなかった。

「特命ですか……」

「君が優秀なのは聞いてるよ。生物兵器の偽情報で、危うく成田《なりた》空港を閉鎖するところだったが、君が未然に防いでくれたんだったな」

「いえ……あれはたまたま事前に確認でき、偽情報だったため助かっただけです。万が一、本物だったらと思うと、今でも緊張します」

謙虚に答える立佳だったが、評価されたのは満更でもなかった。

「ややこしい事案だ。CIAから、要注意テロリストが日本に入国したとの情報が入った」

「日本にですか?」

「アメリカから逃亡後、しばらく韓国にいたらしい。CIAが追いついた時には、日本に出国後だった。韓国名は、ハク・イギョン。どうせ偽名だろう。パスポートは、現在照会中だ」

そんな要注意人物が、楽々入国出来る筈《はず》がない。そう思っていても、やはりどこからか入ってくる可能性はある。

「ところがこの人物を直接知っている者がいない。CIAも姿を確定出来なかった。どうやら整形で、顔をすぐに変えるらしい」

木之下は様々な資料を束ねたものを、立佳の目の前に拡げた。そこにはここ数年の間に、世界各国で行われたテロ行為の幾つかが記されていた。

「厄介なことに、やつは職業テロリストだ。政治信念もなければ、宗教に縛られてもいない。金で雇われて、雇用主が求めるテロ行為を派手にぶちあげる。通称ファルコン。経歴などははっきりしないが、日系人、または日本人の可能性がある」

世間話もせずに、木之下は次々と問題の男のことを話し続ける。立佳はとんでもない大物がいきなり持ち出されたので、興奮すると同時に、この事件は自分が担当することだとすぐには捉《とら》えることが出来なかった。

「ロバート・小泉《こいずみ》。十四歳の時母親が米国人と再婚、以後アメリカ国籍となる。これが該当者ではないかと思われるが、民間の軍事派遣会社に所属、赴任先の戦地で死亡となっている」

英文で書かれた資料には、その男の顔がはっきり写っていた。やたら目が印象的な、きつい顔立ちの男だ。けれど整形しているというなら、こんなものを見せられても、何の意味もない。

立佳はちらっと壁に掛けられた時計を見る。ここに来て三十分も過ぎていないのに、いきなり難題を押しつけられていることに、違和感を拭《ぬぐ》い去ることが出来ない。

「私にこの男を見つけ出せとおっしゃるのですか？」

「早い話、そうだ……」

じっと立佳を見つめる木之下の顔を、初めて立佳はまともに見返した。

上司の命令は絶対だ。間違ってもいきなり反論したり、自分の考えを押し通したりしてはいけない。そう教えられてきたけれど、さすがに立佳も思わず口走ってしまった。

「でも、どうやって……」

「唯一、この男のことを知っている人間がいる。一度ＣＩＡに協力してくれたが、その時はファルコンに逃げられて失敗に終わった」

続けて木之下は、あまりはっきりと写っていない、一枚の写真を立佳の前に置いた。どうやら繁華街の一角で撮られたものらしい。隠しカメラで撮影されたせいか、画像は粗く男の顔ははっきり写っていない。

それでも十分だった。何しろ背が高い。少しくせっ毛の長めの髪と、スーツを着ていても分かる体の逞しさが、その男を特別強く印象付けていた。

「鬼塚流動と名乗っている。CIAに協力した後、日本に戻ってきたが、今は何をやってるのか、こっちも謎《なぞ》だらけだ。噂《うわさ》ではかなりの狂犬ということだが」

「ヤクザですか?」

「……ただのヤクザじゃない。これも現段階では、あくまでも噂だが……法的に規制を受けて動きづらくなったヤクザが、金を払って雇った実働部隊らしい」

何でそんな人間との交渉役が、私なんですかと立佳は訊きたかった。もっと経験を積んだ、ヤクザ関係に詳しい人間のほうが適役だろう。

立佳はデータを元に分析するのは得意だが、実際の捜査経験などほとんどない。そういったことが必要になれば、これまでは現場の刑事や警察官が、手足となってやってくれていたのだ。

「現在三十五歳。アメリカ出国時には、鬼塚流動ではなく、鬼沢勲《きざわいさお》名で出国、日本に入国している。おそらくこれが本名だろう。今、公安でも、鬼沢の経歴等洗っているところだ」

「失礼ですが、課長。私ごときに、この鬼沢だか鬼塚だかいう男が、捜査協力をしてくれるでしょうか?」

「司法取引……非合法だ、やりたくはないがね。鬼塚がやっていることは、所詮《しょせん》、ヤクザ同士の揉《も》め事の始末だ。何をしているか見ないでやる代わりに、協力しろと言ってくれ。この男だったら、ファルコンとか呼ばれている男の、行動パターンが読める」

「わ、私がですか? 交渉するのが」

「そう……君だ」

なぜという言葉が出てこなかった。恐らくここに木之下が来るまでに、何人かの上層部が集まって、この厄介な仕事の適任者を絞り込んだ筈だ。そして出た結果が、これなのだろう。

「不安になるのは分かる。だが阿達君……テロというのは、机上の空論ではないのだよ。普段の生活の中に、突然襲いかかる、まさに天災並みの暴力だ。それを未然に食い止めるために、我々はここにいるのではないのか?」

「……警察官を志した時から、その覚悟は出来ております」

「ならいい。君にとっても、いい経験になるだろう。キャリア組は、実体験が少ないだの、所詮、デスクで吠えているだけだとか、いいように言われるばかりだからな。まさか君も、日本は本格的なテロの対象にはならないとか、本気で思ってはいないだろう?」

「は……はい」

だが立佳は、日本で本格的なテロ行為が行われるなんて、本当はそれほど深刻に思っていなかった。仮想敵国さえあやふやなこの国に、いったい誰がそんなテロ行為で脅しをかける必要があるというのだ。

それよりテロ行為と見せかけて、金目当てで企業に卑劣な脅しをかけてくる、ケチな犯罪者を取り締まるほうが、まずはやるべきことだと思っていたのに、いきなり本物を突きつけられてしまったのだ。

「どこに行けば、この男とコンタクトが取れるんでしょうか?」

「ヤクザを通して、何とか連絡してみる。やつらに借りばかり増えることになるが、阿達君、もしここでこのファルコンを逮捕出来たら、警察庁のテロ対策課の優秀さを、世界に誇示出来るまたとないチャンスだとは思わないかね?」

それにしては担当官が自分一人というのは、あまりにもお粗末な対応に思える。そこで立佳は、おずおずと言ってみた。

「これに関して、対策チームを発足する用意はありますでしょうか?」

「まずは鬼塚と接触してからだ。その後は、随時、必要な人材を集めてチームを作成する。CIAからも誰か来るようだが、出来ることなら警察庁だけで、早急にやつの身柄確保してしまいたい」

他からの助けを喜ばない警察体質が、こんなところでも顔を出している。最初は秘密裏にことを進め、外部には絶対に動きを知らせないつもりなのだ。

だがそんなことをしていていい場合ではない。

「ファルコンの来日目的は何なんでしょう?」

「分からない。あるいは日本を、他国との交渉場所として選んだだけかもしれないからな。言ってはならないことだが、それだと本当は助かる。日本に来たというのも、ガセだったらいいんだが」

それには立佳も激しく同意した。

何もかも嘘《うそ》だといい。こんな任務などさっさと終わってしまって、またデータ分析に浸るだけの平和な日々に戻りたかった。

「鬼塚はCIAには協力的だった。日本でも同じように、協力的だといいんだが」

警察と仲良くしたい犯罪者なんて存在しない。相手を下手に怒らせたら、自分の身が危ないんだと立佳は覚悟しなければいけなかった。

麹町《こうじまち》の外れに、豪奢《ごうしゃ》な日本家屋がある。そこが立住と両親、それに祖母と妹が暮らす住まいだ。代々続く阿達家の元は大名で、その後華族となった。戦前はもっと広い土地を所有していたが、戦災で家がすべて焼けてしまって、建て直すのにはさすがに土地を手放さねばならなかったようだ。

それでも敷地は十分に広く、庭には見事に枝を伸ばした松が植えられ、設《しつら》えた池には鯉《こい》も泳いでいる。その鯉のうち一匹は、五年前に他界した祖父より年上らしい。

「ただいま戻りました」

玄関に入ると、まずそう声を掛ける。すると祖母と母が、奥から出てきて立住を出迎えた。

「お帰りなさい。お疲れ様でございました」

男というだけで、この家では待遇が違う。女達が帰宅した時には、こんな丁寧な声掛けはされない。その昔から、男だけにされることだった。

祖父が生きていた頃は、もっと大変だっただろう。三人の男達を出迎えるために、祖母と母は家にいても緊張していた筈だ。何しろ祖父は、少しでも出迎えが遅れると、癇癪《かんしゃく》を起こすようなわがままな人間だったから。

今は平和だ。父は大人しい人間で、家では滅多に口を開かない。仕事で帰りが遅いことも度々だし、家族と一緒に食事をすることも少なかった。

立佳にしても、仕事が詰まれば帰りは遅くなる。場合によっては帰れないこともままあった。そうなってくると、この家の女達の生活は平和だろう。自分達のペースで、のんびりとやっている筈だ。

「立佳さん、広小路《ひろこうじ》様からねぇ、釣書《つりがき》が回ってきましたのよ。よろしければご覧になる？」

祖母はおっとりとした口調で、時々恐ろしいことを口走る。どうやら口うるさい夫に先立たれた後、祖母は孫の結婚だけが楽しみになってしまったらしい。

「いえ、お祖母様、立佳はまだ二十八です。男として、仕事もまだ満足にこなしておりませんので、そういったお話はお断りしてください」

「決して早くはないですよ。治基《はるき》は二十五で、聡子《さとこ》さんとお見合いしましたもの」

「そうでしたか……父は二十五でしたか。でも今は無理です。大変な仕事を、今日から任されていますから」

祖母の気分を悪くしたくはないが、ここは曖昧《あいまい》に答えては駄目だ。気が付けば休日、どこぞでの会食と予定が組まれてしまう。何度かそういった苦い経験をしたので、立佳は用心深くなっていた。

その気になれば、いくらでも恋人は作れる。人には言わないが、立佳には自惚《うぬぼ》れがあった。

身長は百八十センチ近くあり、顔立ちもかなり整っているうえに、学歴、家柄、職業どれ一つとっても申し分ない。そんな男に惹かれない女は少ない。現にこれまで、数人の女性と付き合った経験がある。

だが結婚を決意するまでにはならなかった。関係が落ち着くと、いつも決まって思ってしまうのだ。やはり運命を共にする相手は、彼女じゃないと。

では運命を共にする相手とは、どういった存在なのだろう。

毎日、『お帰りなさい』と、出迎えてくれる女性なのか。

阿達の家の跡継ぎに相応《ふさわ》しい、優秀な子供を産んでくれる女性なのか。

いい家柄で、容姿も出身校も申し分なく、外国語にも堪能で、自宅に客を招いた時に良きホステス役をやれるような女性だろうか。

それとも、テロリストが日本国内に侵入し、彼の居場所を突きとめるために、狂犬と呼ばれているような男の元に行かないといけないんだと愚痴った時に、慰めてくれるような女性ということだろうか。

そんなものはいない。

職務は、家族にも決して口外してはいけない種類のものだし、いったいどれだけの女性が、立佳の置かれた立場を理解してくれるというのか。

「お食事、先に済ませてしまいました。ごめんなさいね」

祖母に負けずおっとりとした母は、綺麗に片付いたダイニングテーブルを示してすまなそうに言った。

「いいですよ。これからまた資料調べをするので、食べたらすぐに風呂に入ります」

「まぁ、相変わらずお忙しいのね」

そう、忙しいのだ。この平和な家族が、いつまでもこうやってのんびりと暮らせるようにするために、立佳は狂犬と会わなければいけない。

デスクにしがみついているだけが、警察官の仕事じゃない。テロ対策なんて、机上の空論だと思ったら大間違いだ。現にＣＩＡが追っているテロリストが、堂々と入国している。

その現実を前にして、立佳は内心、叫び出したいほど恐れているのだ。

なのにこの家の空気は穏やかで、どこにも緊張感がない。

ダイニングの椅子に座ると、温め直された料理が出てきた。どれも手を掛けてはあるが薄味で、祖母の好みを優先して作られたというのが分かる。

ふと、がつがつと肉を食べたい要求が生まれた。

それともなければ、激しいセックス。

追い詰められた気分の今、ガーッと吠えては暴れる、獣じみた男になってみたかった。

警察庁に入ってからは、特定の恋人を作ってはいない。自分の身分を明かさずに、通りすがりの相手と遊びのようなセックスをしただけだ。

二十八歳の健康な男としては、ごく普通のことだと思うが、祖母や母はそんな立佳の姿を知らないだろう。

だから結婚を急がせようとするのかもしれない。

結婚しても結局は同じだ。ここにもう一人女が増えて、食卓のメニューの中にたまに目新しいものが加わるくらいだろう。

平和がそういうものなら、立佳はその流れに従うべきなのか。

釣書を見ておくべきだろうか。もしその写真を見て、性欲が起こるようなら、結婚してしまってもいいかなと、半ば自棄気味に立佳は思う。

彼女が肉料理を好きなら、もっといいなと立佳は思った。

今の阿達家の食卓は、毎日、精進料理のようなものばかりだ。父が自然とこの食卓から遠ざかった気持ちも何となく分かる。

メタボだろうが何だろうが構わずに、戦う前には肉が食いたくなる男だっているのだ。草食獣のように穏やかに、禅僧のように悟りを開いて生きていけるわけじゃない。

「珈琲《コーヒー》、お部屋に運んでおきますね」

母に言われて、立佳はそこにずっと母がいたことに改めて気が付いた。

「ええ、お願いします」

「お忙しいのは分かりますけれど、今度のお嬢様、宮内庁勤務なのですって。お年はあなたより一つ下だけど、趣味が乗馬で」

「いや、その話はなかったことに」

なぜか上手くいかない予感が瞬時でした。

きっと彼女は、精進料理が好きなタイプだ。勝手にそう決めてしまった。

「ご馳走《ちそう》様、風呂に入ります」

「はい……あの、立佳さん、もしかしたら、もうお付き合いなさってる人がいらっしゃるの？」

「今はいないです。仕事が面白くなってきたところなんで、ほっといて欲しいのが本音かな。最近は晩婚が普通ですから、そんなに焦ることはないでしょう」

「お義母様が、楽しみにしてらっしゃるのに」

ではこの家では、祖母の楽しみが何よりも優先されるのだろうか。何もかも取りしきっていた祖父の姿が消えたと同時に、支配権は祖母に移行したらしい。

目に見える横暴と違うだけに、むしろこちらのほうが始末が悪い。

立佳は留学時代の自由な生活を、ふと懐かしく思い出した。一人暮らしの面倒さはあるが、何ものにも束縛されない生活は快適だった。家を出てまた一人暮らしをしたいが、さすがにそれは許されそうにない。女達が半狂乱になるのは目に見えていた。

何で警察庁に入ったのか、今ならその理由が分かる。

立佳はこの穏やかすぎる暮らしの中で、真綿でじんわりと締め付けられるような、息苦しさを感じ続けていたから、そこから逃げるのに現実の恐怖が欲しかったのだ。

ビルの間から、この時間だけは太陽が遠慮無く部屋に光を投げ込む。鬼塚は顔に当たった午後の陽によって、否応なく目を開けざるを得なかった。

「眩《まぶ》しい……またカーテン、閉め忘れたな」

ごそごそとベッドで半身を起こしかけた鬼塚は、横に痩《や》せた若者の裸体があることに気が付いて、忌々しげにベッドからいきなり転げ落とした。

「いつまで寝てんだ。さっさと帰れっ」

「いやんっ、昨日はずっといていいって言ったじゃないっ」

「カマ言葉なんざ聞きたくねぇ。すぐに消えろ」

「……鬼塚さぁん、お金いらないから、専属にして」

床に転がったまま、媚《こ》びた目で見上げる若者の顔は、そのままで十分タレントになれそうなほど愛らしかった。けれど鬼塚は、そんな若者を見ることもせず、赤のマルボロに手を伸ばす。

「十秒で消えねぇと、二度と商売出来ないようにしてやるぞ」

「ふんっ、鬼塚さんの相手した後は、しばらく仕事になんないもん」

勢いよく立ち上がったものの、若者の体はふらついていた。

「シャワー浴びていい？」

「いーち、にーっ、さーん」

「分かったよ。バカ、消えりゃいいんだろっ」

下着も着けずに、若者は細身のスキニージーンズをいきなり穿《は》く。そして素肌にパーカーを着ただけの姿で、よたよたと部屋から出て行った。

「ああ、うざっ……次のご指名はなしだな」

ドアが閉まった途端に、鬼塚は呟く。

鬼塚は女を抱けない。トラウマというやつが邪魔しているのだ。けれど性欲は、人の何倍もある。だから困るということが、今のところあまりないのは幸運なことだった。

一応、身内には手を出さないというルールは守っている。手を出してしまった結果、変に女房面されても困るのだ。命をやり取りする場で、情に流されたりするのも嫌だった。

ベッドからシーツを剝《は》がし、ピロケースやタオル類と一緒に洗濯機に放り込む。そんな作業の間も、鬼塚は全裸のままだ。誰に見られることもないというのに、自慢の股間《こかん》のものは半分反った状態だった。

そのまま鬼塚はバスルームに入る。そして頭からシャワーを浴びた。

「何でかな。やる前はあれでも可愛く見えるんだがな」

いちいち品定めするのも面倒で、贔屓《ひいき》の男娼を作ったのがいけない。いつの間にか相手のほうが熱を上げてしまい、すぐに恋人気取りをしたがるのが嫌だった。今度からは、続けての指名も二回までだなと、自分ルールを決めることにした。

外国産の高級石鹸《せっけん》で、髪も体も同時に洗った。この石鹸は気に入っている。だがこれを教えてくれた男のことまで思い出してしまうと、ちりりと胸が痛んだ。

鬼塚には左腕の最上部、肩の付け根辺りに鷲《わし》のタトゥーが入っている。それを見る度に、またちりりと胸が痛み出す。

「あいつを殺《や》るまでは……生きてねぇとな」

ぽつんと呟く鬼塚の顔は、苦渋に満ちている。

セックスしても、脅しで男達を震え上がらせていても、大好きな射撃をしていても、鬼塚の心に平安は訪れない。

過去が執拗《しつよう》に追いかけてきて、心を責め続けるのだ。

楽になるには、自分が死ぬか、相手が死ぬかしかないように思えた。

シャワーを終えると、キッチンに入り冷蔵庫を開く。ミネラルウォーターを取りだして口に含むと、携帯電話が鳴り始めた。

「よう、森下。北海道はどうだった？　蟹《かに》食ってきたか？」

着信音で誰かはすぐに分かる。ただし身内でも、鬼塚に直接電話出来る者は、そう何人もいない。

『昨夜、戻りました。女達はバスに乗せて、新宿に戻しましたけど、一人、十万ずつ握らせましたが、少なかったですかね?』

「いいだろ、それくらいで。文句言ったら、またチェンのところで世話になれって言ってやれ」

『それと鬼塚さん、ちょっと面倒なことになりましたが』

「何だ?」

『サツが接触したがってます』

いよいよ来たかといった感じだ。日本に来て三年、まだ司法の手に摑まらずに来たが、そろそろ目を付けられ始めたのだろう。

「公安か?」

『そうみたいです。若いやつ、一人で寄越すってことですが』

「一人で? 俺も舐《な》められたもんだな。公安総出で、逮捕しにくるのかと思ったらよ」

『場所はどうします?』

「別に、逃げるつもりはねぇよ。逮捕するんなら、いきなり逮捕すんだろ。堂々とホテルのスイートで会ってやる。ただし直前まで、相手に場所は教えるな。盗聴なんてされたらたまらねぇからな」

今、逮捕されたら困るのは本当だ。まだ目的を達していない。けれど急ぎすぎていると分かっていても、この流れを止めることは出来ない。

きっとどこかで、やつは鬼塚のことを見ている。たとえ外国にいたって、鬼塚の動向からは目を離せない筈だ。こうして目立った動きをしていれば、いずれ向こうから近づいてくるだろう。大人しく普通の市民の顔をしていたら、決してやつには近づけない。

危険だけが、やつを引き寄せることが出来るのだ。

「公安の若いぼうやってのは、誰だ。資料あるか？」

『公安に詳しい組から、写真、入手しました。携帯に転送しますか……？』

「んっ、何だよ。奥歯にまだ蟹がはさまってるのか？」

『いえ……相手、公安ですから、くれぐれも自重願います』

森下が心配しているのは、きっとその公安がいい男だからだ。

鬼塚は笑った。右腕の森下に、そんなことを心配させてしまう自分の愚かさと、心配されてもお利口でいられる自信のない自分を笑ったのだ。

ほどなくして、携帯に写真が添付して送られてきた。

「あら、森下、こりゃ駄目だ。お利口になんてしてられねぇよ」

『阿達立佳、入庁四年目、二十八歳』

その文字を見ただけで、鬼塚は嬉しそうに体を揺すって笑っていた。

「気が利くじゃねぇか、公安。俺好みの男を差し向けて、ご機嫌取ろうってのか。いいね、褒めてやるよ。だがその程度で、簡単に尻尾は振らねぇぞ」

その時、迂闊《うかつ》にも鬼塚は、行を変えて書かれていた『テロリスト対策課勤務』という言葉を読まずにいた。

滅多に失策をするような男ではなかったが、立佳の外見が気に入ってしまって、自分を見失っていたらしい。

じっと立佳の顔を見つめる。

なかなかの美形だ。ほとんど欠点もない、見事に整った顔立ちで、しかもどことなく品がいい。育ちがいいせいだろう。

「こりゃ、先手打って、情報入手だな。立佳ちゃんか、名前まで可愛いじゃねぇか」

急に楽しくなってきた。逮捕を免れ、この男を堕《お》とす方法を考えねばならないと思うと、それだけで浮き浮きしてしまう。

「どうせ訊きたいことは分かってる。誰が俺達の組織に金を払ってるか、それを知りたいんだろ。だがそう簡単には、口は割らない。俺にも仁義の意味は分かってる……」

これまで逮捕を免れたのは幸運だったのもあるが、裏で鬼塚を飼っている組織のおかげでもあるのだ。

三年前、日本に戻った鬼塚は、自ら単身乗り込んで、ヤクザのトップと言われている男に会った。そして大胆にも商談を持ちかけたのだ。

金でダーティな仕事をすべて引き受けると。

最初は笑われた。けれど鬼塚のキャリアが本物だと知った途端に、相手の態度は変わった。アメリカの傭兵訓練所で学び、民間軍事会社で十二年傭兵として働き、見事生還した男だったからだ。

日本は自分が生きるには狭すぎる、そんな気がして十八歳でアメリカに渡った。叔父がやっていた日本料理屋を最初は手伝っていたが、どうしても自分の居場所のような気がしない。そんな時に、傭兵訓練所のことを知り飛び込んだのがすべての始まりだ。

訓練は面白かった。自分の身体能力、銃器を扱う能力、作戦を練る能力、すべてがこんなに高かったとは、鬼塚自身気付かずにいたのだ。

そして名も無き戦士として、戦場に旅立ったが、戦場はどこよりも居心地が良かった。能力のない者は消えていく。生き残るには、体力、叡智《えいち》、そして運を味方にしなければいけない。毎回、命を賭けて勝負しているようなものだ。

生まれる時代を間違えた。自分はどこか狂気に取り憑かれている。はっきりと分かっていても、セラピストの世話になってまともになろうとは思わない。

もしかして何か奇跡が起こって、まともな人間になれるのかもしれないが、その瞬間を待つよりも、自分の命が尽きることのほうが早いような気がした。

あの男がいなかったら、今でもどこかの戦場にいただろう。そして国家のためではなく、平和への信念など微塵《みじん》も抱かず、ただ黙々と傭兵の職務を全うしていただろう。

皮肉なことに、新たな生きる目的を与えてくれたのは、どうしても殺したい相手、ファルコンだったのだ。

「やつを殺すまでは、捕まるわけにゃいかねぇんだ」

鬼塚は、もう一度立佳の写真を見て、珍しくもため息を吐く。

生き急いでいるだけに、鬼塚は欲望に弱い。たとえ自分がその後、不利な立場になると分かっていても、この綺麗な顔立ちの阿達立佳を、押し倒さずにいられる自信はなかった。

鬼塚は自制を促すために、左腕のタトゥーに触れる。けれど何年も前に彫ったタトゥーには、自制を促すほどの効果は何もなかった。

立佳は携帯電話を手にして、東京駅の丸《まる》の内側《うち》でじっと立ち尽くしていた。

こうしている間にも、誰かに見られているのかもしれない。相手の正体が摑めないために、不安は増していくばかりだ。

鬼塚の経歴がはっきりしているのは、日本で高校時代を過ごしたところまでだ。父親は十五歳の時に他界、母親もそれから五年後に亡くなっている。十八歳で渡米した時に頼っていった叔父は、日本料理屋をやっていたが、そこも今では廃業してしまい、叔父も亡くなっている。

傭兵学校に入ってから後は、どこでどうしていたのかははっきりしない。詳しく調べているだけの時間はなかった。

謎だらけの男だ。どうしてこの平和な日本を捨て、あえてそんな過酷な戦場に向かったのか。しかもフランスが正規に雇用している外国人部隊などには参加せず、名誉も戦死報告すらもない、民間の軍事組織に参入した意図が立佳には理解出来ない。

「生きる場所がなかったんだろうか……」

道行く人達を見ながら、ふと思う。

平和な日本、それぞれに生きていくうえでの不安や不満はあるだろうが、少なくとも理不尽な銃撃戦に曝《さら》される危険は少ない。それだけでもこの広い世界の中では、平和国家と呼ぶことが出来る国なのだ。

目の前に黒のクラウンが駐まる。立佳はたいして意識しなかった。どこにでもある黒のクラウン、社用で使われることも多いし、中高年には相変わらず人気車種だったからだ。

ところが降りてきた男の姿を目にした瞬間、立佳の中で緊張感が高まり、体内をアドレナリンが駆けめぐった。

二メートル近い巨体の男、しかもその醸し出す雰囲気は普通じゃない。

格闘技の選手のようだが、それよりもっと殺伐としている。リングの上だけで戦っている男とは違う。実際に生死を懸けて戦ったことのある男の雰囲気があった。

「阿達さん、悪いが携帯預からせてもらいます。追跡装置はついてますか？」

低い押し殺したような声を聞いた瞬間、立佳はこれが狂犬かと逃げ出したくなっていた。

軟弱だと笑われてもいい。キャリアはデスクだけで捜査をしているつもりになっている。そう言われればまさにそのとおりだ。

立佳はこんな恐ろしい男と対峙《たいじ》するのは、実はこの時が初めてだったのだ。

「追跡装置はついてないです」

「盗聴器は？」

咄嗟《とっさ》に嘘がつけなくなった。盗聴器はなかったが、録音装置は持ってきていたのだ。

「そちらの許可があれば使用するつもりで、録音装置は持ってきました」

何て愚かで、小心者なのだろう。立佳は隠さずに本当のことを言ってしまったのだ。

「あなたが鬼塚さんですか？」

大柄な男だと知っていたが、まさかここまでの巨体だとは思わなかった。しかもあの時は長目だった髪が、今は綺麗な五分刈りになっている。

「車に乗ってくれませんか。身体検査はあえてしない。あんたの言うことを信じてのことですから」

「信じてくれてありがとう」

立佳は後部座席に乗り込む。すると大男自らドアを閉めてくれたが、すぐに立佳にもその行為の意味が分かった。

別に紳士的だったり、目上の者に対する敬意でしてくれたのではない。一度ドアが閉まったら、運転席から操作しない限り、ドアが開かないようになっている。さりげなくやられたが、立佳はもう拉致《らち》されたも同然だった。

「すまないです、自分、鬼塚さんではないです。今から、鬼塚さんのところに連れて行きます。尾行が付いていると困るんで、少し都内を走らせてもらいますから」

「鬼塚さんじゃないんですか？」

ほっとしたと同時に、新たな恐怖が湧《わ》き上がってきた。

こんな巨体の恐ろしい男を、苦もなく従えてしまう男とはどんな男なのだろう。しかも運転している男はスキンヘッドで、頭に蜘蛛の刺青を入れている。

恐ろしきテロリストの写真なら、山ほど見てきた。彼らの行った非情な犯罪の資料のほとんどに目を通し、分析して日本における危険性についての報告書も作成した。

けれどやはりあれは机上の空論だ。こうして本物の裏社会の男達を目の当たりにして、立佳は自分が警察官であることも忘れて怯《おび》えている。スーツの内側には、銃を隠し持っているというのに、そんなもの何の役にも立たないと思えた。

「尾行はないと思います。もしあったとしたら、私には知らされていません」

恐怖に打ち勝つ方法が一つだけある。それは相手に対して正直でいることだ。何の疚《やま》しいこともなかったら、変に怯えることはない。

立佳の言葉を、すぐに信じるほど彼らはお人好しではない。しばらく都内を無駄に走り、一時は駐車場に身を潜めるという念の入れようで、小一時間してやっと目的の場所らしいホテルにたどり着いた。

「オリエンタル・トーヨーか……」

ホテルの外観だけ見て、すぐにここがどこか分かった。外資系の高級ホテルだ。クラウンはそのまま駐車場に直進する。どうやらドアマンにも、立佳の姿を見せたくないらしい。

「自分ら目立つんで、ここからは別の者が案内します」

ドアを開いた途端に、巨漢の男は丁寧に頭を下げ、立佳の携帯を差し出しながら言った。

代わりに立佳を案内してくれたのは、何とホテルのスタッフだった。しかも普通のエレベーターを使わず、従業員用のエレベーターで案内してくれる。よく大物タレントが来た時は、特別にこうして従業員用エレベーターで案内するというが、それと同じような扱いなのだろうか。

恐らくこのスタッフは、何も教えられていないだろう。ただ客のプライバシーを守るために、最大限の努力をしているだけだ。

もし何かで鬼塚を怒らせて、不覚にも銃弾を浴びてしまったら、このスタッフは証言してくれるだろうか。そんなことを考えているうちに、エレベーターは目的の階に到着してしまった。

「こちらです……」

スタッフが案内してくれたのは、奥まったところにある部屋だった。すぐにスタッフはインターフォンを鳴らし、中にいる人間に聞こえるように言った。

「お客様、ご到着です」

それだけ告げると、スタッフはすぐに足早に遠ざかる。

廊下で一人になった。逃げるなら今だと、頭上から臆病者の声がする。けれど立佳は深呼吸を何度も繰り返し、心の中にいる臆病者と闘った。

ドアが開く。するとそこに写真で見た人物と思える、長身でくせっ毛の男が笑顔で立っていた。

「阿達立佳？」

「はい……警察庁の阿達立佳と申します」

「どうぞ」

「失礼します。鬼塚流動さんですね？」

「ああ、俺が鬼塚だ」

鬼塚は黒っぽいスーツを着ている。ネクタイは途中で引き抜いたのか、豪華なソファの上に放り投げられていた。

広々としたスイートルームなのに、他に人のいる気配はしない。あの二人の男達は、時間をずらしてやってくるのだろうか。

「名刺は差し上げられません。よろしければ身分証を提示しますが」

「そんな心配はいらねぇよ」

鬼塚はズボンのポケットに手を突っ込み、咥え煙草で窓際に寄る。窓の下には、日本銀行の古びているけれど優雅な姿が見えた。

「平和的に会見したいね。盗聴は禁止だ。追跡装置は？」

「どちらもありません」

「そうか？　俺はそう簡単に警察は信用しねぇよ。悪いが、スーツ、そこで脱いでくれ」

「……」

想定外とは、まさにこのことだった。まさかいきなり脱げと言われるなどと、想像出来ただろうか。

「俺のことは調べたんだろ？　傭兵だったことも知ってるよな？　陰湿なゲリラとも戦って来たんでね。そう簡単には人を信じられなくなってるんだよ」

「信用という言葉は、意味がないんですか？」

「ないね。あんたと俺は初対面だ。いきなり信用だの信頼だの、口にするほうがおかしい」

「私は警察官ですが」

立佳の言葉に、鬼塚はぷっと噴き出した。

「警察官だから信用出来ねぇんだよ。そうか、抵抗するってことは、やっぱり何か隠してきやがったな。ヤバイ話になったら、即行逮捕か？」

「そんなことで来たのではありません。捜査の協力依頼です」

「ふーん、協力依頼ねぇ……そっちの出方次第だな」

そんなに信用出来ないものなのだろうか。こんな男との会見を、たった一人に任せた課長を恨みたくもなってくる。

立佳は諦《あきら》めてスーツの上着を脱いだ。すると嫌でも、肩からホルスターで下げられた銃が見つかってしまう。

「シグ・ザウエル。ドイツとスイスで作られてる。弾倉に七発、サービス一発。あんたの歳じゃ、ニューナンブなんて国産の拳銃、支給されたことねぇだろ」

「銃に詳しいんですね」

「撃つのは……好きさ」

その時鬼塚は、不思議な顔をしてにやっと笑った。

立佳は自分を撃つ場面を想像でもしたのだろうかと、不愉快になる。

「盗聴を警戒しているのなら、銃とバッグ、それに靴もバスルームかクロゼットにしまいます。それでどうですか？」

「今時は何でも高性能だからね。下着にぺらっと貼り付けるだけのもあるんだけどな」

「……アンダーウェアは着ません」

ホルスターを外すと、立佳はネクタイを引き抜き、ワイシャツも脱ぎ捨てた。

そして靴を脱ぐと、かちかちと靴底をぶつけてみせる。おかしな音はしない。

「これは祖父の代からお願いしている、シューズメーカーで作ってもらったものです。靴底に細工なんてしていないから、確認なさりたければどうぞ」

「靴もお誂《あつら》えか。さすがぼっちゃんは違うね」

「いい靴は、靴底さえ替えれば、何年でも履けるんですよ。これは入庁祝いに父から贈られたものです」

まだほとんど傷んでいない。だがそれは、移動の激しい現場の警察官から見れば、決して誇れることではなかったのだが。

「どうせならスラックスも脱いだらどうだ？」

「……まだ信用されてないんですか？」

「あのな。人に頼み事しに来たんだろ。だったら、ちゃんと誠意を見せるべきだ。警察だからって、上から何でも命じりゃいいと思ったら大間違いだ」

男の前でストリップかと、立佳はため息を吐く。

この男も所詮、コンプレックスの強い犯罪者だったのかと、少し失望感を覚えていた。コンプレックスを抱えた人間は、自分が圧倒的優位に立つと、思わぬ加虐性を発揮する。まるで犯罪心理学の教科書に書かれている、犯罪者の性向そのままだ。

どこまで従順さを示せば、鬼塚は納得してくれるのだろう。

立佳はズボンを脱ぎ、靴下とボクサーブリーフだけといった間抜けな格好になっていた。すると何だか自棄になってきて、命じられてもいないのに、勝手に靴下もボクサーブリーフも自ら脱ぎ捨ててしまった。

素っ裸になれば、もうどこにもおかしなものを隠していないと証明出来る。少し気恥ずかしかったが、これ以上疑われたくはなかった。

「どうですか、これで。満足ですか」

「……思ってたより、いい体してるな」

鬼塚は口元を少し歪《ゆが》めて、じっと立佳の体を見ている。さすがにそんなに見られると、立佳も恥ずかしさで顔を赤らめていた。

「もっと痩せてると思いましたか？　肉体の鍛錬はやってますよ。あなたから見たら、幼稚な子供騙《だま》しかもしれないけれど」

相手を挑発するような真似は、してはいけない。なのにちくっと皮肉めいたことを言ってしまった。心配したとおり、鬼塚は腹を立てたのだろうか。いきなり理不尽な要求を突きつけてきた。

「それじゃ四つん這《ば》いになって貰おうか」

「えっ……？」

「女には三つの隠し場所がある。だけど残念なことに、男には二つしかない。口と……分かるだろ」

恐ろしい言葉を平然と口にする鬼塚は、窓際の小テーブルに置かれた灰皿に、すでに三本目の煙草をねじ込んだところだった。

平常心を装っているが、この男だって緊張しているんだと立佳は思った。喫煙の多さがそれを示している。

さすがに腹が立ってきた。口調もついきつくなる。

「そこまでする意味が分かりません」

「俺は人一倍、警戒心が強いんだよ。そうでなければ、激戦地でゲリラ相手に戦って、生き残

れない」

「警察は、そんな場所に盗聴器なんて仕掛けませんよ」

「どうかな。アメリカのＣＩＡと同じようなことをやってるんなら、やる可能性はあるけどな」

鬼塚はゆっくりと立佳に近づいてくる。ポケットから手を出したが、その手には薄い医療用の手袋が握られていた。

「指半分だ。ほんの入り口だけ調べさせてくれ。それ以上奥に入っていたとしても、たいして集音効果はないから」

「どうしてもやるんですか……」

「ああ、やりたいね」

もしかして楽しんでいるのかと思った瞬間、ふっと立佳は正気に返った。

どうもおかしい、完璧に鬼塚のペースで事が運んでいるが、これはどう考えても不自然だ。体内に爆弾を抱えているかどうか疑うのなら分かるが、たかが盗聴器でここまで執拗なのは不自然だ。

おかしさをさらに強くしているのは、鬼塚の印象に狂気が全く感じられないことだった。常軌を逸している行為をしているのに、どこか鬼塚には楽しんでいる様子が感じられる。

「這い蹲《つくば》れ。それからだな、交渉は……」

「……」

こんなことをするために、警察官になったのか。いや、違う筈だ。だがここをクリアしなければ、交渉すら行えない。駄目でしたと課長に謝ることは出来る。けれど交渉一つ、まともに出来ない男となったら、大きな失点になるのは明らかだった。

「どうした。最初は勢いが良かったのにな。ますます怪しい……」

鬼塚の声には嘲笑《ちょうしょう》が含まれている。

立佳は這い蹲った。

こんな屈辱は、生まれてから一度も受けたことがない。

「こ、これで満足ですか」

「お利口だな。もっとごねるかと思ったよ。案外素直なんだな」

鬼塚は膝をつくと、手袋をしてゆっくりと立佳のその部分に指を挿入してくる。

「うっ！」

思わず声が出て、その部分の入り口がきゅっと締まるのが分かった。

「いいねぇ……そそられるよ。それじゃ続きは、ベッドルームに移動してやるか？」

「……」

指はまだ入っている。しかもその部分が、微妙に濡《ぬ》れているような感じがした。もしかしたら手袋の先端に、こういった時に利用する潤滑ジェルの類《たぐい》が塗られていたのかもしれない。

「鬼塚さん……まさか」

慌てて体を起こそうとしたが、鬼塚の左腕が驚異的な力で立佳を押さえつけていた。

「まさか？　まさかって何がまさかだ？」

「何のためにこんなことを」

「そうだな。ちょっとしたビデオ撮影がしたくてね。いい絵が撮れたよ、ありがとう」

一瞬で血の気が引いた。

自分の愚かさを笑っている暇もない。

逃げることも出来ず、その部分に鬼塚の指を入れたまま、じっとしているしかなかった。

「離せ……はなせっ！」

「暴れると、ケツの中が大変なことになる。じっとしてろ。いい展開だが、このまま一気にやっちまうのももったいない気もするな。どうする……どうせ初めてなんだろ。優しくやって欲しいか……それとも」

「ふざけるなっ。さ、最初から、これが目的だったのかっ」

「音声無しで、ここまでの展開は全部録画してある。音が入ってないと、あんたが勝手に脱ぎだして、俺を誘惑してるように見えるだろうな」

「なっ、何でっ」

立佳は足掻《あが》いた。少し先には、先ほどホルスターを置いたソファがある。そこまで辿《たど》り着ければ、どうにか状況を逆転出来るような気がした。

けれどこの状態で、鬼塚の体を払いのけるのは難しい。レスリングの技を掛けられたかのように、体はしっかり固定され、鬼塚の指はまだそこに入ったまま抜けそうにない。

「公安も気が利くよなぁ。俺が男好きと知ってて、好みのタイプの男を、たった一人で送って寄越すなんて。サービスは受け取るよ。ただし領収書は出ねぇぞ」

「バカなことを、だ、誰がそんな話、信じるもんかっ」

「信じるも何も、あっちが狙ってたんだろ。好みの男を寄越せば、俺がでれっとなって何でも喋ると思ったんだ。粋なサービスだね。そういうのは大歓迎だ」

そんな筈はない。上層部が立佳を鬼塚に差し出したなどと、考えるだけでもバカバカしい。だがもう一人、私服刑事でもいいから同行を認めてくれなかったことは、やはり腑《ふ》に落ちなかった。

「交渉は、まずやることやってからだな。ここまでやったんだ。次に何を入れられても、たいして違いはないだろ」

鬼塚はゆっくりと体を離す。そしてスーツの上着を脱ぎ、派手にソファの上に放り投げた。そのスーツが落ちる前に立佳は勢いよく立ち上がり、足をもつれさせ転びながら、どうにかホルスターのある場所まで辿り着いた。

「こ、公務執行妨害……ぼ、暴行の現行犯で逮捕する」

何とか銃を取りだして構えた。けれどその時には、すでに鬼塚が銃を手にしてぴたりと立佳の額に狙いを定めていた。

「こっちはコルトだ。ちょっと前まで、アメリカ警察がよく使ってた年代物でね。手入れは、そっちの銃よりずっといい。あんた、いつ、その銃で発砲した？　一応、射撃場で撃ってはいるんだろ？　だけど自分で手入れなんてしてねぇだろ」

銃のことになると、鬼塚は饒舌《じょうぜつ》だ。

この男は銃が好きなのだ。

そして銃が、男性器のシンボルとして捉えられるということも、同時に立佳は思い出してしまった。

「おおっと、まずいな。公務執行妨害、暴行、脅迫、さらに銃刀法違反だな。あらら、何年ぶちこまれる計算になる？　日本じゃ初犯だけどな。どっかの国じゃ、まだ俺の首に賞金掛かってるらしいが」

「……」

鬼塚は余裕があり過ぎる。銃の重さすら、楽しんでいるように見えた。なのに立佳は、手にした銃がどんどん重たくなっていくように感じていた。

実弾での射撃訓練は何度も受けている。

だが、未だに人に向けて撃ったことはない。

本当にこの銃が撃てるのかと不安になってきたが、それはすぐに鬼塚に読まれてしまった。

「諦めな。あんた、人間撃ったことねぇだろ。シグ・ザウエルは思ったより殺傷力が高い。この近さで撃ち合ったら、あんたが万が一生き残ったとしても、俺の体から出た血をかなり浴びることになる。悪夢の元になるだけだ」

「ふっ、ふざけるなっ、わ、私は、警察官だっ」

「警察官ねぇ、ただの公安職員じゃねぇの？　ま、どっちでもいいけどさ。無理すんな。似合わないことはするもんじゃない」

撃たれる恐怖を知らないのか、または立佳が撃てないと決めてしまったのか、鬼塚はじょじょに距離を詰めてきて、今や二人は腕の長さだけの距離まで近づいていた。

「どうした……怖いか？　撃てよ……別に俺はここで死んでも、惜しくない命だからな。あんたを味見しないで生きてるほうが面白くない」

「ど、どうして？　何を考えてるんだ。警察官相手に、た、逮捕されたら、何もかもメチャクチャになるんだぞ」

「メチャクチャってのはな。味方が一人もいなくなっても、ジャングルを逃げ延びないといけなくなった時に使う言葉なんだよ、俺の場合はな」

「たかがセックスじゃないかっ」

「分かってるね。たかがセックスに、命を懸けるバカがいてもいいんじゃねぇの」

どう動いたのだろう。

鬼塚の腕の動きはまるで見えなかった。けれど気が付くと、立佳の腕に鬼塚の腕が絡み、銃は床にごろんと落ちていた。

「……あっ……」

「護身術の基本も忘れたのか？　いいけどね……そういう初《うぶ》なとこも可愛いから」

「……」

救いはもうどこにもない。立佳はじっと鬼塚を見つめる。すると鬼塚は、おかしなことに百メートル走で優勝した少年のような笑顔を浮かべた。

「ちょっとの間だけ、大人しくしてくれ。後は、二度とこんな痛い目には遭わせないから」

その言葉が終わるまでの間に、立佳は鳩尾に激しい痛みを感じたが、すぐに意識が遠のいてしまい、痛みすらも忘れていた。

鷲《わし》が大きく翼を拡げたタトゥーが見える。その下に小さくI・Kと彫られているのも見えた。本名、鬼沢勲《きざわいさお》、確かそんな名前だったと、立佳《はるか》はぼんやりと思い出す。

「あっ！」

意識がはっきりしたのは、腹の上に置かれた氷の冷たさのせいだった。

「何だっけ、あの映画。どっかのケーブルテレビで観たのかな。女の腹に、氷乗っけていちゃつくやつ」

全裸の鬼塚《おにづか》が、立佳の左側に横たわっている。その体から、微《かす》かにコロンの残り香が漂ってきた。吐く息には、ウィスキーの香りが混じっている。立佳が気付くまで、飲んでいたのだろう。

急いで体を起こそうとしたが、胸の上に乗っていた両手を、しっかりバスローブの紐で縛られていることに気が付いた。しかも鬼塚の足が立佳に絡んでいて、身動きが取れない。

「おおっと、動くとほら、水が零れるだろ」

そのまま鬼塚の顔が近づいてきて、ぺろっと舌先で溶けた滴を舐《な》め取っていった。

「あんまり気持ちよく寝てるからよ、無理に起こしちまった。悪かったな、殴ったりして。痣《あざ》にならないといいが……もっと氷乗せて冷やすか？」

「ふざけるな。こんなことして、何が楽しいんだ」

「立佳ちゃん、あんまり冷たくするもんじゃねぇよ。別に嘘《うそ》でもいいんだ。こうしている間だけでも、優しい恋人のふりくらいしてくれよ」

鬼塚は足でしっかり立佳の体を押さえたまま、ベッドの端に置かれていたグラスを取り、溶け残っていた氷をまた一つ、立佳の腹の上に乗せる。

「日本の公安は、CIAより気が利くな。やつらともお付き合いしたけど、こんな粋なプレゼントはしてくれなかった。俺がそっちだと分かった途端、二メートル以上の大男と、ジジィばかり揃《そろ》えやがった」

何かを思いだしたのか、鬼塚は体を揺すって可笑《おか》しそうにしている。けれど氷が溶け出すと、舐め取るのは忘れなかった。

「こっちには司法取引の用意もあるんだ。何も話をしないうちに、いきなりこんな暴挙に出るなんて、あんた、どういう思考回路してるんだ」

「そんなにキャンキャン吠えるなよ。いい男なんだから、もう少し、甘い顔してみろ」

「何がいい男だ、断る」

「別にいいけどさ、上司にどう説明するつもりだ？　銃も携行しておりましたが、まんまと相手の策略にはめられましてって、泣いて訴えるか？　こっちには素敵なビデオがあるぞ。立佳ちゃんが銃も投げだし、積極的にストリップしたうえ、最後はケツ向けて誘った映像がな」

立佳は大きく動いて、鬼塚の体の下から逃げだそうとした。けれどどういった技を掛けてくるのか、たいして苦しくもないのに体を自由に出来ない。腹の上にあった氷は真っ白なリネンのシーツの上に落ちて、影のような染みを作っていた。

「いい加減に認めろよ、おまえはこの部屋に入った瞬間から、俺に呑まれたんだ。負けたって言ったほうが分かりやすいか」

鬼塚は氷を拾い、そのまま口に放り込んで一気に嚙《か》み砕く。ガリッと気持ちのいい音が響き、すぐに氷は鬼塚の体内に飲み込まれてしまった。

「どう考えても、おかしいだろ？　なのにおまえは疑わなかった。蛇に睨《にら》まれた蛙《かえる》ってやつさ。どうしてそうなったか、分かるか？」

「……」

答えは分かっている。ビデオ撮影されているなんて考える余裕もないほど、立佳は怯《おび》えていたのだ。けれどそれを口にするのは、さらなる屈辱だった。

「分かってるんだろ？　立佳ちゃんは、俺が怖かったのさ」

勝ち誇ったように言われても、反論することは出来ない。

「だったら、どうなんだ」

「キャリア組のエリートは、薄汚い犯罪者になんて触れることは滅多にないからな」

「交番勤務の経験だってある……」

だが配属されたのは銀座で、外国人旅行者のトラブル処理係りのようなものだった。その後は六本木の刑事課に配属されたが、やはり外国人相手の事件ばかり担当していた。

入庁二年を過ぎ、警察署勤務を終えて警察庁に戻ってからは、念願のテロリスト対策課に席を置いた。そこからは連日、海外から送られてくる様々なデータを元に、あらゆる予防対策の立案に明け暮れていたのだ。

確かに犯罪者との接触は、同じ歳でも現場で長く働いている警察官と比べたら少ない。

「ここで失敗したらまずいって、焦る気持ちもあったからだろうな。ま、しょうがないさ。どう考えても、立佳ちゃんじゃ俺を思うようにすることなんて出来ない。それよりここは嘘でもいいから、俺を好きなふりをしておけ。そうすれば……質問に答えるかもしれない」

そこで鬼塚は、ゆっくりと唇で立佳の体に触れ始めた。

キスとは違う。かといって舐めているのではない。ただ唇で触れていくだけだ。いったいこのメチャクチャな男の、どこにそんな繊細な部分があるんだと思えるほど、唇の動きは優しく柔らかかった。

目を閉じてしまったら、感じてしまいそうだ。だから立佳は目を見開き、自分にこんなことをしているのは、身長百九十センチを超える、危険な男なんだとしっかり認識しようとした。

あっさりと騙《だま》されただけでなく、簡単に快感に酔ってしまったら、ますます恥ずかしいことになってしまう。

鬼塚の体には、細かい傷跡が無数ある。それがそのまま、この男の生きてきた歴史を物語っているのだろう。どこで受けた傷なのか、立佳は知りたくなってくる。そんなことを考えていれば気が紛れると思ってもいたが、やはり甘かった。

最初は腹部に触れていた唇は少しずつ上がってきて、胸の辺りに辿《たど》り着く。ゆっくりと立佳の手が持ち上げられた。すると鬼塚は、いきなり獰猛《どうもう》な獣のように変身し、立佳の乳首を激しく吸い出した。

「あっ！　な、何するんだっ」

「大サービスの前技だよ。初めてだと思うから、優しくしてやってんだろ」

「き、気持ちの悪いことやめろっ」

「最初はみんなそう言うが、そのうちに気が付く。実は、やるよりやられるほうが、ずっと気持ちいいってことにな」

手首は縛られているが、腕は自由に動く。このまま鬼塚の頭を抱え込み、一気に締め上げようかと思った。だがいざ実行しようとすると、どうせ無駄だと諦《あきら》めが先に立ってしまう。

もっと男らしく戦うべきなのに、立佳は鬼塚にのしかかられたまま、何の抵抗も出来ずにいる。屈辱に甘んじる自分の弱さに苛立《いらだ》つばかりだ。

「女とはやってんだろ？」

唇で吸うのをやめた鬼塚は、両手で立佳の胸を、乳首中心にゆっくりと円を描くように刺激し始める。

「好きなのか?」

「な、何が……」

「セックス?」

「……そんなことまで、答える必要はないだろ」

「ふうん、俺は好きだけどな。何でだろう。明日、死ぬかもしれないから、必死に種まきしようって思うんだろうか」

思わず立佳は笑ってしまった。そういった男の心理状態について聞いたこともあるが、相手が同性では何の意味もない。

「無駄じゃないか……こんなことしたって、意味ないのに」

笑い出すと止まらない。どうやら自分の精神状態が、かなり危なくなってきたなと立佳は感じた。

「そうだな……だが俺は、ガキなんか欲しくない。残したいものなんて何もないし……それより、今を楽しみたい……」

またもや優しい動きになって、立佳の体は心地よさを感じ始める。それと同時に苛立ちも生まれた。これでは猫にいたぶられている鼠《ねずみ》のようだ。さっさとやることをやって、自分を解放して欲しい。

「さ、さっさと、やったらどうだ。そんなことされても気持ちよくない」

「気持ちいいセックスなんてしたことねぇんだろ。女の前じゃかっこつけて、マニュアルどおりにあっち弄《いじ》って、こっち弄っててってやってただけだろうな」

「う、うるさいっ、あんたなんかに、そんなにべたべた触られたって、何も感じない。突っ込みたいんなら、好きなようにしろっ」

「へぇーっ、いいのかぁ？」

鬼塚は上半身を起こす。するとカーテンが下ろされ、暗くなった部屋のスタンドの灯りだけでも、はっきりと鬼塚のその部分が目に入った。

「……うっ……」

見た瞬間、勝手にキレて叫んだ自分を恨んだ。

日本人の男の平均を、遥かに超えた大きさだ。それが自分の体の中に入れられるのかと思ったら、新たな恐怖が湧《わ》き上がってくる。

「プロでも最初はたじろぐ。いいのか、ほんとに突っ込んでも」

「うっ……」

「立佳ちゃんがもう少し、可愛げのねぇ野郎だったら、今頃、遠慮しないでバスバス突っ込んでるさ。脱げって言われて、すぐに脱いだ素直さと、かなり好みってことでこれでも優しくしてやってるんだぞ」

「……うう……」

痛みだけ覚悟すればいい。愚かな自分には、相応《ふさわ》しい罰だと思えたから、立佳はぐっと奥歯を噛みしめた。

「いい体だ。太すぎず、細すぎずってとこか。太股《ふともも》がしっかりしてるのがいい」

鬼塚の手が、優しく太股をさすり出す。そのまま手はじょじょに性器の近くまで這い上がってきた。

「すっかりしょげてるな。そんなにごめんなさいされても困るよ。元気だせ」

「そんなところに、話し掛けないでくれないか」

「いいね、落ち着いてる。玉まで縮み上がっていない。見かけよりずっと根性ありそうだ」

どんな状況になっても諦めない。それが警察官にとっては何より大切なことだ。教えられたからというわけではないが、立佳はそれを自分の信念にしていた。

だから諦めない。こんな暴行を警察官相手にしてしまったことを、いずれ鬼塚に後悔させてやるという気持ちだけはまだあった。

「俺は何にでも食いつく。だから狂犬と呼ばれてる。知ってたか?」

「リサーチ不足だったな。間に合わなかった」

「そりゃ気の毒だったね。だが、刃向かわないやつには、手荒なことはしない」

鬼塚はそこでいきなり、立佳の手を縛っていたバスローブの紐を解いてしまった。

「いいのか、殴るかもしれないぞ」

「はっ？　おまえに殴られて、どれだけ痛いんだ？」

全く相手にされていない。鬼塚はただ笑っているだけだ。

「こういう時は、あんまりごちゃごちゃ考えないほうがいい。別に俺のテクニックに負けて、あっさりいっちまっても恥にはならないから」

「ど、どこかにまだビデオが仕掛けられていて、脅しのネタに使うつもりじゃないのか」

「ご想像にお任せしたいところだが、そんなに無粋じゃねぇよ」

鬼塚は立佳の足は押さえたままで、また何やらチューブを取りだした。

「二十二口径の弾を撃つのもやっとのやつに、いきなり四十五口径はきついからな。これで多少、痛みは軽減される」

指にチューブの中身を絞り出した鬼塚は、それを立佳のその部分に塗りつけ始めた。するとすぐにその部分が、ちりちりと痺《しび》れたような感じになってくる。

「お利口だね。多少、好奇心もあるんだろ？」

「……そんなものはない……」

「あるさ……おまえには隠したい願望がある。危ない遊びをしたいって願望がな」

低い声で囁《ささや》かれると、立佳の内部でぞわぞわとした感じが広がっていく。騙されるなと戒める言葉と裏腹に、体内に小さな渦巻きが広がり、それがどんどん立佳の内部を浸食していった。

飲み込んでしまった。


「もっと楽にしてやる……」

さらに鬼塚は、ペットボトルの水を口に含むと、立佳に熱いキスをしてきた。

けれどキスには別の意味があったようだ。舌に何か異物を感じたが、息も出来ずにそのまま飲み込んでしまった。

「即効性だ。こんなもの使ったことないだろうから、十分もすれば天国に移動だ」

「違法薬物だったら、罪状がまた増えるぞ」

「いいねぇ、じゃ俺を告発するか？　やれるもんならやってみな。検事の前で、説明するのも大変だよな。でも出すもの出しちまうと、説明するのもみっともないことになるぞ。ま、頑張っていかないようにすることだ」

すぐに吐き出せばいいのかもしれない。けれど立佳はそれすら出来なかった。

あの部分が熱く、痺れたような感覚になってきた。そして恐ろしいことに、飲まされた薬のせいか動悸《どうき》は激しくなり、全身が燃えるような感じになってくる。

「いつも……こんな手を使うのか？」

「いつも？　いつもしねぇよ。泣こうが喚《わめ》こうが、ぶちこんで終わりだ。最初に立佳ちゃんの写真を見ちまったからな。一目惚れした手前、優しくしてやってるのさ。ちゃんと準備してきたんだ。褒めてくれ」

立佳は笑う。ずっと緊張が続いていて、軽いパニック状態に陥っているのに、薬がさらに精神を高揚させたためか、笑いは止まらなくなってきた。

「こんなもので……騙されるもんか……」

「騙されたほうが、後で楽だ。余計なことでうじうじ悩まなくていい。薬のせいだと思えば、何をされても平気だろ」

鬼塚の顔はそのまま下りていって、ついに立佳のものを口に含んだ。

「あっ！」

「これくらいはされたことあるんだろ。それともこれまでの女は、こんな基本的なサービスもしてくれなかったのか？」

「いきなり突っ込まれたほうがいい……そんなことを、あなたはしちゃいけない」

なぜかそんな気がした。まだ銃を突きつけられて、無理やり犯されるほうがずっといい。こんな普通のカップルがするような、優しいセックスなんて鬼塚にして欲しくなかった。

「おまえが興奮しないと、こっちもつまらないんだよ。さっさとお花畑にいっちまいな」

「だって……そんな……あっ」

慣れている。戸惑いもなく、躊躇《ためら》いもなく、鬼塚は興奮が避けられない方向へと、立佳を導いていた。

鬼塚の舌先は、まるでくねくねと動く蛇のように、立佳のものに絡みつく。そして吸引力は、食いちぎられるのではないかと思うほど強く、立佳のものを喉奥《のど》まで苦もなく飲み込んだ。

目を閉じたらいけないと思っても、立佳はいつしか目を閉じていた。鬼塚がそんなことをしているなんて、どうしても見たくなかったのだ。さっきまでは鬼塚の姿を見ていれば、自分は冷静なままでいられて、興奮なんてしないと思っていたのに、この心境の変化はどうだろう。

「あっ……まずい……」

そう、かなりまずいことになり始めている。もはや興奮を鎮める方法が見つからなかった。体はどんどん興奮していき、鬼塚の舌で嬲《なぶ》られたものは、硬度を増していくばかりだ。

「あっ……ああ……」

薬のせいだ。そう思ってしまえば楽だと言われたが、本当にそのとおりだ。鬼塚のテクニックが素晴らしくて、興奮させられているなんて思いたくない。

「んっ……くっ……あっ……」

射精なんてしたらいけないんだ。早く自分を取り戻せと思っても、どうしたらいいのか分からない。必死で手で握ったものはさらさらしたリネンのシーツで、それだけではとても冷静にはなれなかった。

「ああ、駄目だ。もうそんなことしないで……何を飲ませたんだ、ああ……」

「いいね……乱れた顔はかなりそそられる。そういう顔、女にも見せたことないだろ」

「……ああ……見せたことない……」

「女が乱れるとこを見て、今回は九十点とか、勝手に分析してたのか?」

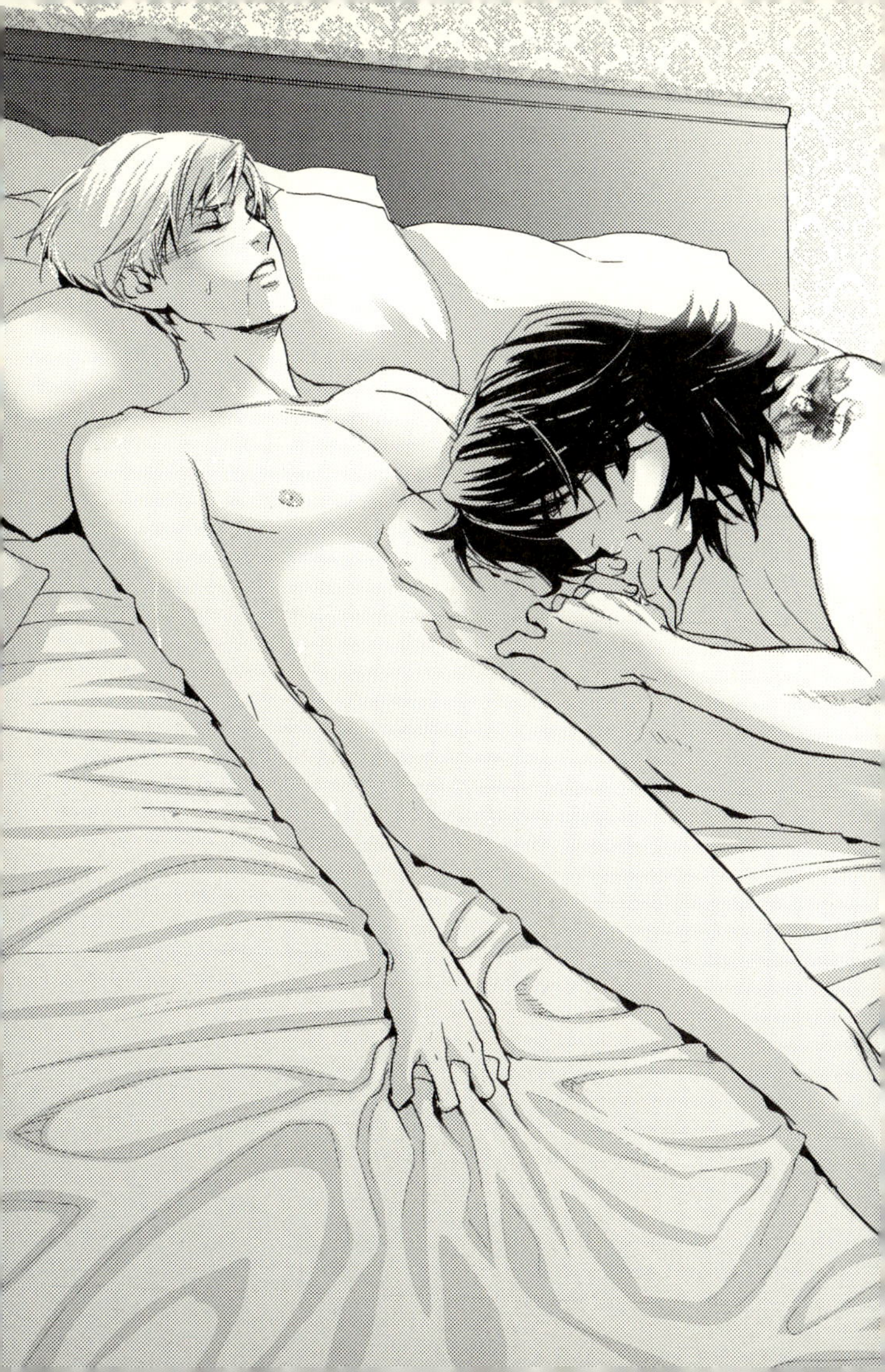

「えっ……ああ……そうだよ……だから何なんだ、んっ……駄目だ、もうやめてくれ」

こんなに簡単に興奮してしまえるなんて、自分のだらしなさに立佳自身が一番驚いていた。

「俺達は楽しんだ。証拠がこれだ」

鬼塚は今度は手で、立佳のものをゆっくりとこすり始める。すると立佳は我慢出来ずに、あっさりと射精してしまった。

それを鬼塚はティッシュで丁寧に拭《ふ》き取る。

「悪いね、立佳ちゃん。これが俺達が楽しんだ、紛れもない証拠ってやつだ。こっちに有利な証拠ってやつが、こうも楽に集められると申し訳ない気がしてくるな」

「何を……あっ……ああ……証拠って」

いってもまだ興奮は醒《さ》めない。性器が再び硬度を取り戻すのに、たいして時間は掛からなかった。

立佳は自分の浅はかさを呪った。性欲に支配されているようなことを口にしながら、鬼塚はあくまでも冷静だ。立佳を脅すための用意をしっかり整えつつ、自分の欲望も満たしている。実に抜かりがなかった。

「何もかも、計算ずくなんだな……薬から何から揃えて」

「もちろんさ。このティッシュも鑑識が使うようなビニール袋で、しっかり保存しておくことにしようか。二人の初夜の記念にな」

「あっ……そんなもので……脅そうなんて……」

「卑怯《ひきよう》とか言うなよ。俺はこれでも犯罪者だぞ。犬に噛まれたと思って、我慢するんだな」

鬼塚はにやっと笑うと、すでに屹立《きつりつ》している自分のものにゆっくりとコンドームを被せる。そしてたっぷりとその上からジェルを塗り込めた。

「作戦練るのは楽しいよな。実行するより、それまでが一番楽しめる。おまえに突っ込んだら、射精してそれで終わりだ。セックスなんて、そんなもんさ。ただ問題なのは、俺の欲望にはきりがないってことだけさ」

立佳を俯《うつぶ》せにすると、腰を高くあげさせ、鬼塚はその部分に無理やり押し入ってきた。

「あっ、あああああっ……」

あの薬を塗られていなかったら、激痛が襲っただろう。痺れたようになっていたから、何とか痛みにも耐えられ、鬼塚のものの侵入を受け入れられた。

「んっ……んんっ……そんなものが……入るなんて……」

「悪いな。ただの銃じゃなくて、俺のはロケット弾並みだからな」

「うっ……ううっ……」

「だが慣れると、こいつじゃなきゃ満足しなくなるのさ」

鬼塚は動き出す。自分の欲望を満たすために。

「うっうわっ、ああっ、あっ」

立佳は恥ずかしげもなく、恐怖の声を上げていた。

けれど心のどこかで、こんな状況を楽しんでいる自分を発見して慄然《りつぜん》とした。

滅茶苦茶なセックスをしたいと、どこかで思っていなかったか。なのにセックスすらも、お利口に済ませていた。あくまでもスマートに、さらりと嫌らしげもなく、紳士的に。

そんなもの本当にしたいセックスじゃない。

もっと獣のようなセックスがしたいと、望んではいなかっただろうか。

「あ、あうううっ、あっ」

痛みに耐えながら、押し寄せてくる快感と闘う。こんなことをしてはいけない、いやこれが望んでたものだと、反する二つの感情に揺さぶられて、立佳は自分を見失っていく。

鬼塚は楽しんでいる。最初はゆっくりと入り口までしか入れていなかったのに、少しずつ、奥へ、さらに奥へと立佳を浸食していった。

「うわっ、ああっ、あっ……」

体が引き裂かれるような気がしたけれど、人間の肉体の適応力はたいしたもので、いつしか立佳の体は、楽々鬼塚のものを根本まで受け入れていた。

窓の外はすっかり暗くなっている。遠くのビルの屋上に付けられた、航空障害灯の赤い光が点滅を繰り返す様子を、立佳はぼんやりと見つめていた。

「んっ……」

どうやらいつの間にか眠ってしまったらしい。いや、意識を失ったというほうが正解だろう。確か、さっきまではカーテンが下ろされていた筈《はず》だ。カーテンが上げられる音にも気付かずにいたのだ。

「何を……してるんだ……ここで。こんなことしてる場合じゃないのに……」

鬼塚の姿は見えない。微かに水音がしているから、シャワーを浴びているようだ。立佳はベッドから下り、この隙《すき》にリビングに行こうとしたが、床に下りた途端にふらついてしまった。

下半身に力が入らないから、壁に手を付きながら進む。

「何が、初めてだから優しくだ……あんなにしつこく、何回も……人の体で楽しんで……うっ」

鬼塚がシャワーを終える前に、何とか銃を手にしたい。そう思って、裸のままリビングに急いだが、床に落とした銃はすでに影も形もなかった。

「どこだ……」

ソファの上に置かれたクッションをどける。けれどそんなところにはない。脱ぎ捨てたスーツの下から、冷蔵庫の中まで捜したが見つからない。銃だけではなかった。携帯電話の入ったバッグも無くなっている。

「やられたな……バスルームに持ってってったのか……」

それしか思い付かなくなった時、背後でドアの閉まる音がした。

「シャワー浴びろよ。その間に、飯、頼んでおくから。何がいい？」

バスローブ姿の鬼塚は、タオルで髪を拭きながら呑気《のんき》に訊《き》いてくる。

冷蔵庫が入っているキャビネットを開き、中を覗《のぞ》いていた立佳は、自分が何て間抜けな姿を曝《さら》しているんだろうと一気に恥ずかしくなった。そこで喉が渇いていたかのように、オレンジジュースを冷蔵庫から取りだし、栓を開いて一気に流し込む。

まさかこんなところに銃があるかと、捜していたなんて知られたくはなかったのだ。

「質問には、答えてくれるんだよな？」

「ああ、内容にもよるがな。それより何がいいんだ？　遠慮無く言えよ」

「……肉……なら、何でもいい」

「ステーキか？　焼き方は？」

「どうでもいいよ、肉なら」

鬼塚がじっと見ている。そこで改めて立佳は、自分の体を見られているということに気が付いた。

「い、今さら、見てもしょうがないだろ」

「抱くのと見るのは違うさ。いい体してるな。だけどちょっと細い。そうか、肉に飢えてるってことは、家族は全員健康オタクってことか」

にやにやと笑いながら、鬼塚はそれこそ頭の先から、足の先まで立佳を目で犯し続ける。遠慮というものはなく、見られているだけで立佳の全身が赤くなった。

「やっていたスポーツは陸上、しかも長距離だ」

「えっ……」

「ランナーの体だ。東大じゃ、スポーツの大きな競技会には出られなくて、残念だったな。大学駅伝とか、出たかっただろ」

どうしてそんなことまで分かってしまうのだろう。それとも調べているのだろうか。立佳はずばり言い当てられたので、すっかり動揺してしまい、銃を取り戻すことも忘れて、そのままふらふらとバスルームに向かってしまった。

走るのは好きだ。今でも時間があれば、皇居の周りを走っている。警察官は体力がなければ務まらないから、かなりの速さで走れることは誇りだった。

今も走りたいくらいだ。なのに足はがくがく震え、壁伝いに歩いている。

「悪かった。ちょっと飛ばしすぎたな。立佳ちゃん、好みのタイプでなぁ、お利口にしてられなかったんだよ」

背後から腕が伸びてきて、立佳の体がすっと支えられる。その腕を払いのけようとしたが、その力もないことに気が付いた。

「バスソルト入れて、ジャグジーでゆっくり温まれ。飯も食わずに、何時間もじゃな。目も回るさ」

鬼塚は上機嫌な口調で言ったが、立佳はそこではっとした。

「何時間って……今、何時なんだよ」

ここに案内されてきたのは、午後の二時頃だったような気がする。話をしても二時間ぐらいだと思い、すぐに警察庁に戻るつもりだったのだ。

「八時過ぎたが」

「は、八時ーっ、六時間も、いったい何してたんだっ」

「焦ることはないさ。たっぷり時間はある。明日の朝まで……いや、明後日までかな」

「ふざけるな……」

鬼塚だったら冗談でなくやりそうだ。立佳は鬼塚を殴り倒す体力もなく、蒸気の籠《こ》もったバスルームに押し込まれ、無理やりバスタブに座らされてしまった。

親切のつもりなのか、鬼塚自らバスタブに湯とバスソルトを入れてくれる。勢いよく溢《あふ》れ出る湯が、足とバスタブの底にくっついたその部分を、少しずつ覆っていく。

「報告しないと……携帯、ああ、携帯が」

「落ち着け。後で電話ぐらいは掛けさせてやるから」

「……」

疑いのほうが先に来た。携帯もすでに奪われたかもしれない。そうなると鬼塚がいなくなったら、バスルームにある電話で外線に掛けるしかなさそうだ。

「銃は……」

質問しようと思ったら、鬼塚はバスルームの電話でルームサービスを頼み始めてしまった。にやにやと笑ったり、浮かれた様子を見せているが、やはり鬼塚は油断ならない。電話を掛けると読んでいるかのようだ。

「鬼塚さん、銃と携帯、どこに隠したんだ」

「隠した？　貴重品は金庫にしまうもんだろ」

「……そうだね。ただし暗証番号は、絶対に教えないっていうんだろ」

「そのとおりだ。常識じゃないか」

やはり思ったとおりだ。ルームサービスを頼んだ後も、鬼塚はそこを去らずに、バスローブのポケットから煙草を取りだして吸い始めた。

「気が付いてすぐに、電話で助けを求めなかったのはいいな。自力で何とか戦おうとしたのは評価してやる」

「そうか……うっかりしてた。その手があったんだ」

「ああ、だが銃は金庫の中だ。何でそんなところに、国から支給された大切な銃が入ってるんだろうな？　上司にどう説明する？」

移動してきた鬼塚は、バスタブの縁に座るとじっとしている立佳を見下ろして言った。立佳は湯を止めると、バスタブの底にある溶けずに残ったバスソルトをかき混ぜながら、じっと考え込んだ。

そうしているうちに、ぐだぐだ考えているのがバカらしくなってきてしまった。

「分かった。もういい、鬼塚さん、あんたの勝ちだ。何をやっても、僕は後手にしか回れない。負けたよ。認めるから、上司と家にだけ電話をさせてくれないか」

「おっ、開き直ったな。それでいい。なるようになるんだから、姑息《こそく》な真似なんてするな。素直にしてれば、ちゃんと応えてやる」

鬼塚は立ち上がり、そのままバスルームを出て行く。そうなると立佳としても、もう電話に手を伸ばすことは出来なかった。

温かな湯の中で目を閉じてじっとしていると、ひたすら走っている場面が思い出される。ゴールはどこかにあり、必ずいつかは辿り着ける筈だった。真っ直ぐ走っていけば、地球をぐるっと回って元いた場所に戻る。よくそんな冗談を、陸上部の仲間と話していたものだ。

「そうだ……ゴールはある。まだスタートしたばかりだ。ここで転倒したからって、レースそのものを諦めるな」

自分を励ましているうちに、ふっと鬼塚とのキスシーンが脳裏を過《よ》ぎった。

嫌じゃなかったと思ってしまう自分がいる。

慌てて立佳は、大きく頭を左右に振った。

「セックスに比べて、ましだったってだけだ……」

最初はあまりの痛みに叫んでいたのに、どこかで何かが狂ったとしか思えない。快感に呻《うめ》いて射精までしてしまったことを思い出し、立佳は忘れようと湯で何度も顔を洗った。

「感じたんじゃない……ただの生理現象だって」

一人でじっとしていると、次々としていたことが思い出されて、かえって辛《つら》くなってくるばかりだ。体も温まったので、立佳はバスタブから出ると、体を拭《ぬぐ》うのもそこそこにバスローブに袖《そで》を通した。

「電話を……あっ……」

鬼塚はもう着替えていた。スーツをきちんと着こなしたその姿を見た瞬間、立佳の足は止まった。スタート時点にいきなり戻ったような気がしたのだ。

立佳はすぐに自分のスーツを捜す。けれど今度はスーツが、脱ぎ捨てられた場所から消えていた。

「ここはよくものが消える部屋だな」

「そうか？　脱いだ服は、クロゼットだろ、普通」

鬼塚はしれっとした調子で言う。立佳はそのままベッドルームに戻り、クロゼットを開いた。スーツにシャツにネクタイ、下着に靴下、何もかもがきちんと揃えてしまわれている。さっき銃を捜した時には、まだソファの上に置かれたままだったというのにだ。

「おかしな男だな。すっかり遊ばれてる……」

もう鬼塚を恐れる気持ちは薄くなっていた。確かにいきなり男をベッドに引きずり込むなんて、狂犬と言われてもしょうがないほどしていることはおかしいが、なぜか憎めない。

油断していると足下を掬《すく》われる。その危険性はまだあるというのに、立佳は鬼塚のペースに巻き込まれてしまっていた。むしろこうなったら、変な小細工はせずに、自然体でいるほうがいいのかもしれない。

スーツを着ていくうちに、やっと平常心が戻ってくる。

体はされたことを覚えているから、まだその部分に違和感は残っていた。これが完全に消えてしまうまで、鬼塚を見るたびに動揺するのだろうか。

着替えて出て行くと、ダイニングルームに料理が運び込まれているところだった。あまりにもいい匂いに、立佳は目眩《めまい》がしそうになる。

鬼塚はホテルのスタッフに、中国語で話し掛けている。と、思ったら、今度は英語で話し掛けていた。そっと覗くと、スタッフの中に中国人らしき東洋人と、白人男性がいた。

彼らは鬼塚のジョークに笑っている。そしてすべてのセッティングが終わると、鬼塚はまるで手品のようにさっとどこからともなく一万円札を取りだし、彼ら一人一人の胸ポケットにねじ込んでいった。

こういう金の使い方は、やはり普通じゃない。チップに一人一万ずつ配るなんて、大物タレント並みだなと立佳は呆《あき》れる。

さすがにハイクラスのスイートルームだ。ダイニングスペースは、一瞬にしてレストランの個室のように様変わりしていた。さりげなく花が飾られ、白磁の皿と、きらきら輝くナイフとフォークが整然と並べられている。

けれどここにウェイターはいない。誰にも話を聞かれる心配がないのは、有り難かった。

「さて、肉だぞ。食いたかったんだろ」

鬼塚は席に着き、自分の横の席をそれとなく立佳に薦める。すでにテーブルセッティングも、そのようにセットされていた。

「おっと、忘れるところだった」

鬼塚はわざとのように、畳んだナプキンが置かれたままの皿の上に、銃と携帯電話をごとっと音をさせて置いた。

「マジシャンみたいだな。どこから持ってくるんだ」

「四次元ポケット」

無表情で言われたが、立佳は笑うことも出来なかった。

「……そういうジョークは、似合わないからやめて欲しい」

すぐに携帯電話を開いた。すると課長の木之下《きのした》から、何度も着信のあったことが分かった。何の報告もなくて、きっとかなり苛立っている筈だ。

「もしもし、阿達《あだち》です。連絡が遅くなって申し訳ありません」

木之下はすぐに出た。他の電話に出ていたとしても、最優先で立佳からの電話に出たといった様子だ。

『どこから掛けてる？　接触出来たのか？』

「はい」

『すぐに戻って、直に報告してくれ』

「いえ……その、まだ詳細を聞いている段階ですので……、本日中に、必ず……ご報告いたします」

『あまり深追いしなくていい。危険はないと思うが、万が一を考慮して、慎重に進めてくれ』

「……分かりました。失礼します」

危険はないと思われているようだ。確かに命の危険はない。男の貞操なんてものは、危険な範疇《はんちゅう》には入らないものらしい。

グラスに頼んだ筈もないシャンパンが注がれていく。よく見ると、料理も頼んだものより遥かに数が多かった。

立佳が携帯電話を切ると、鬼塚は軽くグラスを合わせてくる。

「こんなに？　頼んだかな？　僕はステーキ肉一枚でよかったのに……」

「ここのホテルのオーナーが、ある国で誘拐された時、俺が救出に行った。身代金は一ドルも出させず、怪我一つさせずに救い出した。あれ以来、世界中にあるここの系列ホテルだったら、どこでも俺はＶＩＰ待遇さ。もちろん金はちゃんと払うけどな」

「鬼塚さん、これまで、どこで何をしてきたんです？」

「生きてきた」

鬼塚はそう言うと、おいしそうにシャンパンを一気に空けた。

「そういう……まぁ、いいか、そろそろ慣れてきたな、あなたって人に」

「そりゃ慣れるだろ。六時間も、突っ込んだり、引っこ抜いたり、いろいろされてりゃ」

「……それより、肝心の話を……そろそろ」

「悪いが、俺の背後にいるヤクザの名前を聞き出そうとしても、それは無理だ。俺にも仁義という言葉の意味くらい分かる。立佳のことは気に入ったよ。だが、それだけで口を開くほど甘くないぜ。逮捕したけりゃしてもいいが、その時は立佳のおねだりポーズが、あらゆるところに出回ることになる。覚悟しとけ」

スチームされた見事なオマール海老を手にした鬼塚は、器用に中身を取りだして食べ始める。

立佳は困ったなと思いながら、あまりにも空腹だったので、まずはスープからゆっくりと口に入れた。

「何で人の話、聞こうとしないかな。それで失敗したことありませんか?」

「あるよ。結構、そそっかしいとこあるんだ。作戦の詳細聞き損ねて遅れて行ったら、部隊が全滅してたって、笑えない話もあるくらいだ」

立佳は自ら立っていき、ワインクーラーからシャンパンを取りだして、鬼塚に注いでやった。

「おっ、やっと恋人らしいことしてくれたな。嘘でも嬉《うれ》しいよ」

「……嬉しかったら、ファルコンのことを教えてください。僕が来たのは、そのためです」

「……」

鬼塚の動きが、その一言で一瞬のうちに止まった。

「何だって?」

「違法ですが、司法取引の用意もあります。CIAに協力したように、警察庁にも協力してください」

「待てよ。どうして立佳が、その名前を知ってるんだ……。警察庁にやつのデータが回ってきたのか?」

「僕はテロリスト対策課です。CIAから、ファルコンが日本に潜入したとの情報が入りました。逮捕したくても、外見も特徴も何も分からなくて、助けていただきたいんです」

立佳は席に戻り、スープを再び飲み始める。そしてスープの後、ステーキを自分の前に置いた。

肉が食べたかった。そして激しいセックスがしたかった。何だ、多少の違いはあるが、昨日望んだことはすべて叶《かな》ったなと思った。

鬼塚は食事の途中だというのに、シャンパンを今度は自らグラスに注ぎつつ、煙草を吸っている。この男は緊張すると必ず煙草を吸うんだなと、立佳は納得した。

しばらく鬼塚は、そのまま一人で考え込んでいた。立佳はステーキを食べ、サラダとパンも食べ、鬼塚が自ら口を開くのをひたすら待った。

「ガセだ。やつが日本に来るなんて……。日本じゃやつの仕事場はないぞ。もし来てるなら、理由はたった一つ、そりゃ俺に会うためだろ」

「鬼塚さんに？」

「ＣＩＡにやつを売ったからな。それに昔から俺は、やつに恨まれてる」

そこで鬼塚は、ふんっと鼻先で笑った。

「上等だ。こっちから捜しに行く手間が省けたな。そうか……やつが、痺れ切らせて日本まで追ってきたか」

「待ってください。それじゃ私怨《しえん》のために来たっていうんですか？」

国際手配までされている男が、危険を冒してまで鬼塚にわざわざ会いに来るだろうか。そこまでするからには、ただ逮捕の手伝いをした恨みというだけではなさそうだ。

「いったいファルコンって、誰なんです……。もしかしたらＣＩＡにも話していないことが、まだまだあるんじゃないですか？」

「やつの過去なんて、いくら調べても無駄だ。もう死んだことになっている。それより……問題なのは……やつが次に何をするかだ」

「何をすると思います？」

「わざわざ日本に来たからには、俺をおびき出すために、派手なことをぶちあげるだろ。それともなければ、背後から忍び寄ってきて、いきなりズドンっだな。あるいは、誰かに雇われたのかもしれない。日本政府に心当たりはないのか？」

鬼塚はせっかくの料理にも手を付けない。同じように空腹な筈なのに、余程、ファルコンのことが気になるようだ。

「あいつとは、訓練所で出会った。日本人同士ってことで、自然と親しくなったが……」

そこでまた鬼塚はシャンパンを呷《あお》る。高いだろうシャンパンを、まるで水のように飲んでいる様子を見ているうちに、立佳の中に新たな疑問が浮かんできた。

「特別な関係だったんですか？」

女を抱かない鬼塚だ。あるいはそういった中で芽生えた、特別な愛情関係があったのかと思ってしまう。

「……やつとは寝てない。だから余計にややこしい……」

鬼塚はもう立佳を見ていない。視線はテーブルの上の花に向けられているが、実際に鬼塚が見ているのは遠い過去というやつだろう。

「俺はな、敵とみなした男には、いくらでも残酷になれるが、非戦闘員ってやつには弱いんだよ。女のゲリラだっているのは分かってるが……。やつは平気だった。女でも子供でも殺す。殺さなくてもいい人間まで、平気で殺せる男だ」

普通の口調で話しているが、鬼塚の心はここにない。立佳はなぜかそこで、嫉妬《しっと》めいた感情を抱いた。

もう一度ここに戻ってきて、しっかり自分を見て話をして欲しい。会ったばかりの相手に、そんなことを考えている自分に戸惑い、立佳は急いでポットに用意されていた珈琲《コーヒー》をカップに注いだ。

珈琲の苦みとカフェインで、何とか自分を落ち着かせようとした。鬼塚が煙草を吸うように、立佳も何かを口にして、冷静さを保とうと足掻《あが》いている。

「つまり……こういうことなんだ。俺達は雇用主のために働く。揉《も》め事の原因が何かなんてどうでもいいんだ。正当な理由をつけて、ただ戦いたいだけなのさ。俺はずっとそう思っていたし、あいつもそうなんだと思ってた」

パスポートに記載された、ファルコンと思われる男の顔を思い出す。顔立ちをどんなに変えても、その目の光だけは変わっていない。鋭い、何もかもを射貫くような視線を、カメラに向けていた。

「なのにあいつは、揉め事を作り出すほうに行こうとした。社会正義を振り回すつもりはないが、俺は非戦闘員が巻き込まれるようなことを、平然と計画出来るやつの神経を疑った。どこで、どう狂っちまったんだろう……。俺もおかしいから、言える立場じゃないかもしれないが」

「僕のバッグ、どこにあります？」

話を切ってしまって申し訳ないと思ったが、ここはどうしても今のファルコンの顔を見てもらいたい。資料はすべてバッグの中に入っていた。

「入り口の側のクロゼットだ」

「ああ……」

寝室のクロゼットに入っていなかったわけだと思いながら、立佳は立っていってバッグを手にしてから再び戻った。

「やっとまともに話が出来るようになって、ほっとしてます。これが韓国から入国した、ファルコンらしき人物の写真ですが、似てますか？」

パスポートに貼《は》られた写真を拡大したものを、立佳はテーブルの上に置いた。

「まぁ、似てるって言えば、どんな写真だって似てるさ。今のあいつに顔はない。昔は……いい男だったけどな」

寝ていなくてもやはり同じことだ。鬼塚はファルコンに特別な感情を抱いている。鬼塚の言葉の端から、そんな感情が滲《にじ》み出てきている。

憎しみは、愛から生まれることだってあるのだ。

鬼塚はファルコンを憎み、そして愛している。そうとしか思えない。

「仲良かったんですか？」

「妬《や》いてるのか？」

鬼塚はそこでやっと立佳に視線を戻した。

「何でそうなるかな……。あなた達の関係を、詳しく知りたいだけですよ」

「相手に命を預ける、それがどういうことか想像してみればいい。仲がいいってのが、ランチを仲良く一緒に食べて、退社後居酒屋で愚痴を吐き合う程度のことだと思ってるなら、どうしようもないけどな」

「……別の意味で、今、嫉妬しました。僕にはまだ、そこまでの信頼関係を築ける人はいませんから」

しばらく黙って立佳の顔をじっと見ていた鬼塚は、思い出したように再び食べ始めた。どうやら心の整理がついたらしい。

「それでいいのさ。裏切られて傷つくこともなければ、失って泣くこともない。人間なんて、セックスの時以外、相手の体の中に入っていくことも出来ないんだから、ほどよい距離感ってやつでいいんじゃないか」

口ではそう言いながら、やはり鬼塚も誰かとの濃密な触れ合いを求めているのではないだろうか。そう思ってしまったのは、セックスの時の思わぬ優しさだった。

もっと乱暴でもいいのだ。

犯す立場の人間なのだから。

なのに鬼塚は、必要以上に優しかった気がする。

「顔は変わっても、会えば分かりますか？」

「裸を見れば分かる……体だけはそう変えられないから。極端に太ったり、痩せたりしたら動けないだろ。それに鍛えられた筋肉っていうのは、一年や二年で急に崩れることはない。それと、レーザーで消してなかったら、右腕の付け根に鷹《たか》のタトゥーが入ってる」

「鬼塚さんと同じ？」

「同じじゃない。俺のは鷲だ。イーグルとファルコンの違いも分かんねぇのかよ」

ぶすっと鬼塚は怒ったような顔をする。つまらないことで臍《へそ》を曲げる子供じみた様子が、何だか可愛く見えてしまった。

「協力してやってもいい……っていうか、俺の側にいれば、自然とやつは近づいてくる。ＣＩＡに売られたことは、一生、根に持つだろう。そういう男なんだよ」

「何で彼を売る気になったんです……」

それが一番知りたい。かつては命を預けられた男を、どうして鬼塚は簡単に売ったのだろう。

「テロリストになったからですか？」

「今夜、帰らないなら、話してやる」

「えっ？」

「約束しろよ……帰らないって」

答えを待つ間、鬼塚は立佳から視線を外すことなく見つめている。立佳が即答出来ずにいると、鬼塚は畳みかけるように言ってきた。

「やつが来たなら、俺が生き残れる確率は半分なんだ。人生の最後になるかもしれないからな。少しは楽しませてくれてもいいんじゃないか？」

「半分って、どうしてそんなこと考えるんです？」

「やつの実力が、俺と五分だからさ」

「……五分じゃない。今回はあなたのほうが有利だ。あなたは……日本警察を味方につけている。彼は援助者をそんなに望めない」

そこで鬼塚は、テーブルを叩《たた》いておかしそうに笑った。立佳はむっとしたが、それが本心だった。たとえ鬼塚が犯罪者でも、何があっても守るのが警察の義務だと思えたからだ。

「悪いが、警察より自分の部下のほうがずっと使える。警察組織ってものの動きの悪さはどうしようもない。気持ちだけ受け取っとくよ」

その時、立佳の携帯電話が着信を知らせてきた。家からだ、何もこんな時に掛けて来なくてもいいのにと無視しようと思ったが、鬼塚が先に携帯を手にして立佳に突きつけた。

「出ろよ。俺に話を聞かれて、困るような相手なのか？」

鬼塚の目が一瞬鋭くなる。変に疑われるのは嫌なので、立佳は受け取った携帯電話をすぐに開いた。

「はい……まだ仕事なんだ」

電話の向こうでは、母が呑気に今夜の食事のことを訊いている。祖父や父には、食事をどうするかなんてことで電話を掛けたりしない母も、息子の立佳だと違うらしい。どこかに子供扱いしている部分がある。

「あの、仕事中だから。今夜は、帰らないから……」

ふっと口をついて出た言葉は、自分でも意外なものだった。それを聞いた鬼塚は、おやっといった顔になる。

「えっ、釣書《つりがき》？　さっさと返してください。もう切るから、お休みなさい」

しつこく昨夜の見合いの話を蒸し返されそうになって、立佳は慌てて電話を切った。

あの家では日常のありふれたことが、ここでは何だか異常にすら思える。のんびりと生きているように鬼塚に思われるのが、立佳は恥ずかしかった。

いたかったのだ。


「ママか？」

「はい、母です……」

携帯をさりげなく離して置いた。その先にある現実というやつから、今は遠ざかったままで
「親孝行だな。無視することも出来るのに、ちゃんと安心をプレゼントしてる」

「帰らないと約束します。だから教えてください」

「知ってどうする？　ファイルにまとめて、上司に報告するか？」

「そんなつもりはないですよ。ただ……あなたのことをもっと知りたいだけです」

「たいしたことじゃないさ。やつが先に裏切った。それだけのことだ」

鬼塚は再び遠くに視線を向ける。言葉にして聞かなければ、何も伝わらないというのに、鬼塚はその努力をする気があるのかないのか、またもや黙り込んでしまった。

帰らないと言ってしまった。どうせ眠れないだろうこんな夜に、急がせる必要はない。

立佳は待つ。舞台の開演を待つのにも似て、沈黙の時間はむしろ心地よかった。

「アッ、アアッーッ、オオゥッ」

茶の髪に、灰色がかった瞳のオランダ人の若者は、声を抑えることなく楽しんでいる。

鬼塚は額から滴る汗に、小さな羽虫がたかるのが不愉快で、さっさと野外でのプレイを終わりにしようと思っていた。

四年前、アフリカの小国に派遣されていた時だ。この若者とは、三カ月前ここに派遣されてから知り合った。上手《うま》いこと手なずけたなと思う。最初は男とやるなんてと、気持ち悪そうに言っていたのに、今では鬼塚が誘えばどこにでもついてくる。

「ああっ、虫がうぜぇっ」

欲望よりも不快感が勝った。一気に下半身の動きを加速させると、鬼塚は若者の中にすべての欲望をぶちまける。

「もう終わり?　いつもより早いじゃないか」

若者は不満そうに言いながら、ワークパンツをもそもそと引き上げた。

「虫がうるせぇからな」

野営地から大きく離れることは出来ない。ジャングルには獣や毒虫がいるし、何より敵の反政府ゲリラがどこに身を潜めているか分からないからだ。

「イサオ、ここの仕事が終わったら、オランダに一緒に帰らないか？」

媚《こび》を含んだ声に、鬼塚は眉を顰《しか》める。

そこでこの男と暮らしても、半年も保《も》たないというのは分かりきっている。平和な生活は退屈過ぎる。どうせまたすぐに戦場が恋しくなるのは分かりきっていた。

「さぁな……どうするか、先のことは分からない」

煙草を取りだし、ジッポーで火を点《つ》ける。すると微かな明るさが、思わぬ男の顔を浮かび上がらせた。

「何だよ、了《りよう》、覗きか？」

削げた頬《ほお》をした目つきの鋭い男が、木陰でじっと鬼塚のことを見つめていた。

ロバート・小泉《こいずみ》と名乗っているが、鬼塚だけは昔の日本名で呼ぶ。訓練所で知り合ってもう十年、ほとんど同じ戦地で戦っている。もし戦友なんて呼べる相手がいたとしたら、鬼塚にとってはこの小泉がそうなのだろう。

「動、ちょっと話がある。おまえはさっさと消えろ」

手にした小銃で、小泉は軽く若者をどけるような動作をした。若者は憎々しげに小泉を睨み付けたが、そのまま黙って兵舎に戻っていく。

「女が駄目だと、こんな時は便利だな」

小泉は急に日本語になって、バカにしたような口調で言った。

「そういう相手が必要ないんだから、おまえのほうがよっぽど便利じゃねぇか」

「ああ、性欲に支配されないで済むのは助かる」

羽虫がうるさい。煙草を吸っても効果はないと知りつつ、鬼塚はさらに新しい煙草に火を点ける。

小泉は煙草も吸わない。もちろんマリファナもやらなければ、酒もほとんど飲まない。何が楽しみなのかと言えば、殺戮《さつりく》だけだとしか鬼塚には思えなかった。

「なぁ、勲、そろそろこんな意味のない局地戦に、飽きてないか？」

「ああ、飽き飽きしてる。反政府ゲリラのほうが、金がありそうなのは確かだ。さっさと諦めて、政権交代してくれるといいのにな。暑いのは……嫌いだ」

「俺達が行くのは、いつだって……暑いか、寒いか、砂漠ばかり……うんざりする。快適なオフィスにいる連中には、一生分からない……」

夜に活動する獣の鳴き声が、どこからともなく聞こえてくる。その声に負けないくらい、小泉の声は不気味に聞こえた。

「快適なオフィスで働きたいんなら、さっさと引退しろよ。だけど出来ねぇだろ。俺達は病気だ。一年中、ロシアンルーレットを回してるような緊張感の中でしか、生きられなくなってるんだからな」

「勲、そろそろ金が欲しくないか？」

小泉の声は、虫の羽音よりも微かに響いた。

「金か？　金ならある」

「だったら勲は、何が欲しいんだ……」

何が欲しいのか、何をしたいのか、十年命を捨てるようなことをしながら、見つけることは出来ないままだった。

ぬるま湯のような日本に帰って、何かしたいことが見つかるとは思っていない。一カ所に定住するのすら、難しいような気がした。

かといって死にたいわけではないのだ。

麻薬中毒のように始末が悪い。ぎりぎりのところで生きている、その充足感に取り憑《つ》かれて、抜け出せなくなっているのだから。

「了は何がしたいんだ？」

逆に訊いてみた。すると小泉は、珍しくも笑った。

「勲、覚えてるか？　十年前、二人して捕虜になった時のこと」

「……」

訓練を終え、初めての仕事だった。自分達の未熟さを、嫌と言うほど教えられたのがあの時だ。鬼塚は小泉と共に捕まり、敵兵から壮絶な暴行を受けた。

「肉体のダメージは回復する。だが、心に受けた傷は回復しない。勲……おまえ、本当はこんな仕事に向いてないよ。さっさと日本に帰ればいい」

「今さら何を言ってるんだ?」

「女を犯れない、殺せない。致命傷だろ?」

「それは関係ない……」

たらりと額から汗が滴った。

流れる汗に、羽虫が新たにたかる。それがたまらなく不愉快なことを思い出させる導火線になってしまった。

思い出したくないことを、なぜ小泉は今夜に限って、執拗《しつよう》に思い出させようとするのだろう。捕虜になった時、同じように捕らえられていた少女を犯すように、敵兵から命じられた。やらなければ仲間を殺すと、銃で脅された。

だが出来なかった。

目の前で仲間の傭兵が撃ち殺されても、鬼塚は出来なかったのだ。

「おまえ、本当は優しい人間なんだよ……。誰かに惚れられても、すぐにつれなくするのは、冷たいからじゃない。相手を傷つけたくないって、優しさからなんだ」

「おい、何だ、今夜は。俺があのオランダのボウヤと、仲良くしてたのが気に入らねぇのか。だったらおまえがケツ貸せ。そんな気もないくせに」

「あの時は、この俺でも興奮したよ……。敵兵が、そんな役に立たないものいらないだろって、動のペニスにナイフを突きつけた時、俺は……もう少しで射精しそうだった」

「……何だって？」

ストレスでおかしくなった男達を何人も見てきた。いつも冷静で、ほとんど感情を表さない小泉すら、おかしくなっている。ここで一発殴って、正気に返してやるべきかと思った。

鬼塚はぐっと拳を握りしめる。

するとそんなこと分かっていたというように、小泉はその手を逆にぐっと握りしめてきた。

「惜しかったな。あの後爆弾が落ちて、みんな吹っ飛ばなかったら、今頃、性欲で苦労することもなかっただろうに」

「了、どうしたんだ。頭に虫が湧いたのか」

「とうに湧いてるさ。それでも大人しくしていられたのは……動……おまえが苦しむのを見ていられたからだ」

おかしい、明らかに今夜の小泉はおかしい。

鬼塚は額から汗を流しながら、全身に寒さを感じていた。

「動が寝た男達が、死んでいくのを見るのは楽しかったな。あいつとはセックスだけさと言いながら、動は泣くんだ。あの時みたいに……」

「……」

鬼塚の腕は、反射的に小泉を殴ろうとしていた。

だが二人の力は互角だったから、そう簡単に小泉は殴らせてはくれない。長期戦になれば体力の上回る鬼塚のほうがずっと有利だったが、短期戦では難しい。

素早く小泉は鬼塚から離れ、小銃の先を鬼塚に向けていた。

「何を考えてるんだ、くそ野郎。その湧いた頭、どうにかしろっ」

「ああ、どうにかしたかった。おまえと寝られれば、すっきりしたかもしれない。だけど俺は、駄目なんだ。だったらどうすればいい？」

「ふんっ、じゃあ簡単だ。そのM16を、思い切りぶっ放せばいい。十年一緒にいたが、おまえってやつがさっぱり分からない。俺がそんなに嫌いなら、誤射ってことにして、さっさと背中から撃てばよかったんだ」

本気で鬼塚が怒れば怒るほど、小泉は楽しそうな顔になっていく。そんな小泉の顔を見たことなどなかったから、鬼塚はぞっとした。

「分かってないな。おまえが死んでしまったら、俺の楽しみがなくなるじゃないか。女も犯せないおまえが、追い詰められたらどんなふうに崩れていくか見たかったのさ」

「……残念だったな。信念は変わってねぇよ。相変わらず女は犯せないし、殺せない。軟弱野郎だと笑うんなら笑え」

「そうだよ、十年も待った。なのに……おまえは変わらない。単純な正義感で、正義のための戦争でもしてるつもりなのか？　男と寝てるのに、罪悪感は微塵もないし、むしろ平然と楽しんでる。そんなおまえにもう飽き飽きしてきた」

「だったら俺と同じところに志願しなければいいんだ。追いかけてきたのは、そっちだろ」

無茶なことを言っているかもしれない。世界中で小競り合いがあるとはいえ、民間軍人が必要になる戦場なんて限られている。しかも二人のキャリアはほとんど同じとなれば、同じ戦地に出向く可能性は限りなく高くなる。

それでも今の鬼塚からしてみれば、常に一緒に小泉がいたことは、狙って追いかけてきたとしか思えなくなっていた。

「平和な国を捨てて、こんな所まで来てるやつはどっかおかしいもんさ。俺だって、自分がおかしいとは分かってる。だが、了、おまえはもっと変だ。俺の不幸が見たいだって？」

「そうさ……少なくとも、俺よりは不幸でいてくれないと困る。オランダに行って、あの可愛いボウヤとクラブの用心棒でもやって暮らすか？　だったらいい……俺よりは不幸だから、生かしておいてやるよ」

「ふざけるなっ！」

鬼塚が小銃も恐れず、小泉に飛びかかっていこうとしたその時だった。野営地の仮設兵舎で、爆弾が破裂した。どうやら兵器庫が爆発したらしい。それを合図に、いきなり暗闇の中から、武装した反政府ゲリラが一斉に射撃してきた。

小泉はそこでおかしな行動を取った。自分の首に掛けられていた認識票を引きちぎり、地面に向かって放り投げると、敵側に向かって走り出したのだ。

「まさか……小泉、てめぇがやりやがったのかっ。裏切ったなっ！」

戦場で一番あってはいけないこと、味方の裏切りというやつを、鬼塚は目の当たりにしたのだ。しかも訓練所からの同期で、もっとも信頼していた同じ日本人の小泉がしたのだから、驚きは大きかった。

兵舎が燃えている。鬼塚は走り、混乱している仲間達を助けに向かった。けれどこんな形の裏切りは予想していなかったのだろう。逃げ遅れた者が大勢いて、やっと逃れた者達も、反政府ゲリラによって次々と銃撃されて倒れていく。

こうなったら逃げるしかない。

まだそれほど燃えていない兵舎に飛び込み、銃と水、それに僅《わず》かの食料をリュックに詰め込んだ。そして生き残った仲間を捜して、声を張り上げる。

「撤退だ。逃げるぞっ！」

叫びながら走っていた鬼塚は、地面に横たわる、見慣れた茶色の髪の男を見つけて駆け寄った。

「だいじょうぶか？」

慌てて体を起こそうとしたが、すでにその瞳は開いたままで何も見ていない。

「くそっ！」

こんなことになるのなら、嘘でもいいからオランダに行こうと言ってやればよかったと後悔してももう遅い。鬼塚は若者の首から、認識票を引きちぎり自分のポケットにねじ込んだ。もし家族がいるのなら、せめてこれだけでも届けてやりたいと思ったのだ。

敵と戦って死んだのなら、それも運命と諦めもつく。だが味方の裏切りで死んだとなったら、残るのは悔しさだけだった。

夜のジャングルの中、当てもなく走った。

だがこんな状況になった自分が、小泉よりも不幸だとは思わない。

あの若者とオランダに行って、平凡な人生を送ることこそが、本当の不幸だったのだろう。なのに小泉は、それすら奪ってしまった。

残ったのは、いつか小泉に復讐《ふくしゅう》してやるという、熱い思いだった。それはこれまで生きる目的も、死ぬ理由も持たなかった鬼塚に、初めて生きる目的を与えてくれた。

これが幸福でなくて何なのだ。

「飽き飽きしただって。勝手にほざいてろ。俺の不幸が見たいだって。その前に俺が、おまえを不幸のどん底に追い落としてやるから待ってろっ！」

暗闇の中、反政府ゲリラの追跡を逃れるためにひたすら走り続けながら、鬼塚はこれまでの人生で一度もなかったほど、自分が冷静になっていることに気が付いた。

小泉は認識票を捨てた。それは自分がこの戦場で、死んだことにするためだ。

簡単に死ぬような男じゃない。鬼塚に負けないくらい強運に恵まれていて、生き延びるための知恵を持っている男だった。

なのに死んだことにしたかったのは、すでに次の別の人生の準備を整えていたからだ。

何をするつもりなのだろう。

「金か……金が欲しくなったのか」

傭兵はそんなに稼げない。命の値段に見合わない、安い金で雇われている。それでも戦場しか居場所のない人間というのはいて、鬼塚のようにロシアンルーレットの世界に飛び込んでくるのだ。

恐ろしいのは、小泉のような男が逆に犯罪者になった場合だ。小泉は鬼塚の不幸を見て楽しむより、もっと大勢の人間の不幸を見たくなったのだろう。

どうやったら闇に潜った小泉を見つけられるのか。

「俺を単純な戦闘バカだと思ってるんだろうな。だが……今に見てろ。小泉了。おまえを追い詰めるのは俺だ。世界のどこにいたって、いずれ俺が追いついて、おまえの息の根を止めてやるからな」

背後で銃声が響き渡っている。また仲間だった兵の何人かが撃たれたのだ。

俺は死なない。どんなことがあっても、まだ死なない。

呪文のようにそう心の中で繰り返しながら、鬼塚はひたすら夜の中を走った。

綺麗《きれい》な肌をしている。傷跡もなく、出来物で汚れているところもない。

平和な世界は、男の体ですら美しくしてしまう。

ベッドに横たわる立佳《はるか》の体は、ずっと見ていても見飽きるということがないほど、綺麗だった。

鬼塚《おにづか》は指先で立佳の体をすっと撫《な》でる。すると立佳がびくっと反応を示した。

この男はジャングルを逃げ回った経験はない。エアコンの効いたところで仕事をし、家に帰れば女達が競うようにして構ってくれる。

そんな男なら、どんなに外見が好みでも真っ先に嫌いになりそうなものだが、そうはいかなかった。

自分のことを信じさせるために、床に裸で這《は》い蹲《つくば》ったのを見た瞬間、立佳に対する見方が少し変わった。

暴力的に犯すことだって出来たのに、鬼塚はひどく優しい気持ちになってしまったのだ。

「何を考えてるんです。小泉《こいずみ》了《りょう》のことですか?　あなたに病的な執着を持ってる。日本に来たからには、絶対にあなたの前に現れますよ」

「そうだな。俺を餌《えさ》にして、おびきだせばいい」

小泉と最後に会った時のことを、立佳に話した。ＣＩＡに話したより、詳しく話したと思う。なぜだろう、立佳には話しておきたかったのだ。

「小泉了の成育歴を調べたほうがいいですね。そうすれば、どうしてあなたにそんなに執着したのか分かるかもしれない」

「なぁ、いいことしてるのに、何か警察で事情聴取してるみたいな話し方やめろよ」

困ったことにこの男は、怒っている時は乱暴な口調になるが、落ち着くとやたら言葉遣いが丁寧だった。

「おまえの成育歴のほうが気になる」

「別に、たいした成育歴でもありませんよ。幼稚園からの私立学校で、ともかく真面目に勉強して、東大法学部です。自分らしく生きたつもりになってたのは、ハーバードの院に留学してた二年間だけ。それもほとんど勉強ばかり。やらないと追いつけなかったから」

鬼塚が隠さずに小泉とのことを話したお返しのつもりか、立佳は自分のことも積極的に話し出す。

「祖父が怖かったんです。祖父が生きている間は、ともかく祖父を怒らせないようにって、そればかりだったな。あなただから言うけど……祖父の死を願ったこともあります」

「どうしてさっさと家を出ようとしなかったんだ？」

「無理ですよ。幼い頃から、しっかりそういった芽は、摘み取られて育てられますから。穏やかな草食獣として、囲いの中で育てられるんです」

こういった喩《たと》えを交えて話すのを、聞いているのは心地いい。

この男の性格は、まさに草食獣そのもので、穏やかで優しいのだ。教養もあり、頭もいいだろうに、それをひけらかしたり、優位に立とうと焦る様子もない。

どこか聖職者のような雰囲気があると、鬼塚は思った。

「立佳といると、アメリカにいた神父を思い出す。若くていい男で、ちょっと手を出したい雰囲気だったが、さすがに自制したな。俺はクリスチャンじゃないのに、懺悔《ざんげ》を聞いてくれた」

「懺悔なんてしたんですか?」

「したよ。敵は何人殺しても罪悪感は抱かない。だけど仲間を守れなかったことは、俺にとっちゃ罪なのさ」

アフリカから戻って、民間の軍事会社からは籍を抜いた。だが戦死した兵士の家族に、金を届ける仕事をしばらく手伝った。それが自分に出来る、せめてもの罪滅ぼしだと思ったのだ。

ところがそうしているうちに、CIAから目をつけられた。どうやらテロリストとなった小泉と未だに通じていて、仲間だと疑われたらしい。

誤解はじきに解けた。鬼塚自身が、小泉を捕まえることに積極的に協力したからだ。

「警察官ってのは、独特の匂いがあるんだ。なのに立佳は、警察官らしくない。エリートコースだからかな」

「野心が足りないとよく言われます。キャリアでも野心のない人間は、警察では出世出来ませんよ。僕はどちらかというと、学者のほうが向いていたのかもしれない。犯罪心理学とか学ぶのは、今でも大好きです」

激しいセックスの後、こうして裸の体を横たえて話をするのは好きだ。だが相手があまりにもバカで、まともな話も出来ないとすぐに追い出すことにしている。

立佳と話すのは心地いいから、いつまでもこうして話している。民間軍事組織にいた時、定期的にカウンセリングを受けたが、あの時の何ともいえない心地よさに似ていた。

「俺をどう思う?」

「軍人になりたかったんでしょ? 日本には軍がないから、居場所がなかったというのは分かります。自衛隊は鬼塚さんにとって、所詮《しょせん》ママゴトでしかなかった。違いますか?」

「かもな……」

「失礼かもしれないが、お父さんはＤＶではありませんか?」

「……」

それだけは答えたくない。鬼塚にも忘れたいことはあるのだ。

「母親に対しては、深い愛情があるんでしょうね。だから、女性を苛《いじ》める男というものは許せない。だけど相手が男となると、お父さんの姿が重なって、暴力的な態度に出られる」

「……警察官は、見てきたように、過去を言いか……」

カウンセラーにも、神父にも同じことを言われた。

あなたの戦争は、代理戦争なのです。あなたは憎い父親を、殺し続けているのだと。

「自分に刃向かわない男には、優しくなれるんです。それは……自分がされたかったことをしてみたいから」

「んっ？　意味が分からない」

「セックスは……有り余る性欲のためにしてる。だけどその時、あなたはとても優しい。優しく愛されたいという気持ちがあるから、相手にそれを与える。暴力的な欲求は、他で解消されていますからね。だから別の欲望、愛されることを求める気持ちが、自分に従順な相手には向けられるんでしょう」

「おい、ちょっと優しくしてやったからって、勝手な解釈するな」

鬼塚は鼻白む。そんな分析をされたのは初めてだったからだ。

「小泉もきっと、父親のＤＶで傷ついた幼年期を過ごしていると思います。あるいは性的暴行を受けていたかもしれない」

「男なのにか？」

「実父は少ないけれど、義父だったらありえることですよ。だから彼は……鬼塚さんを愛していたけれど、肉体的に関係を持つことが出来なかった。一度は誘ったんでしょ？　でも断られた筈《はず》です」

鬼塚は起き上がり、煙草を口にする。すると立佳が笑った。

「緊張すると、必ず煙草を口にしますね。弱みを握られたくない相手と交渉する時は、気を付けたほうがいい。見抜かれますよ」

「ふーん、今のはいいアドバイスだ。ありがとよ」

火を点《つ》けた瞬間、確かに立佳に言われたとおりだと思った。中にはこうしたささいな行動で、相手の心理を読む人間もいるだろう。気を付けて直したほうがいいと、鬼塚は素直に認める。

「小泉を誘いましたか？」

「ああ、出会ったばかりの、一番最初の頃にな」

「その時、彼はどうしました？」

「セックスは誰ともしないと言われた。十一の時から、びんびんのチンコ持てあましてる俺には、理解出来ない言葉だったな」

相手に拒絶されるのは慣れっこだった。男を受け入れられる男のほうが、はるかに少ないというのは世の中の常識だ。だからすぐに鬼塚は小泉に謝り、誘ったことを忘れてくれと頼んでいた。

「その後、他の男を誘ったんでしょ？」

「当たり前だ。男ばっかりの世界だからな、相手に不自由したことはねぇよ」

「だけど鬼塚さん、彼の気持ちは違っていた。自分からは拒絶したけれど、彼はあなたが他の男を誘った時、自分を全否定されたみたいに感じた筈です」

鬼塚は毛布で下半身を隠し、枕を抱くようにして俯《うつぶ》せになっている立佳のことを、改めてじっと見つめた。

優しそうに見えるが、度胸の据わった男だと思う。自分に平然と銃を突きつける男相手に、臆することなく思っていることを口にする。

犯されたというのに、それで怯《おび》えた様子はない。今の状況を淡々と受け入れている。鬼塚に命の危険があることを知って、同情してくれているのかもしれないが、こうしてまともに話せるのは嬉《うれ》しかった。

「小泉は、鬼塚さんが自分だけを愛してくれればいいと思っていた。なのにセックスしないというだけで、簡単に諦《あきら》めてしまったことで恨んだんでしょう」

「バカバカしい推理だな。十年も一緒にいたんだぞ」

「十年、憎しみを積み重ねたんですよ。だから最後は、わざと地獄のような苦しみを与えたんでしょ。よく生還出来ましたね」

夜のジャングルをひた走り、味方の政府軍の別部隊の駐屯地まで、どうにか逃げ延びた。けれど他に生き残ったのは、たった二名、部隊はほぼ壊滅したのだ。

修羅場は何度も潜っている。けれど味方の裏切りで追い詰められたのは、あれが初めての経験だった。

「立佳……おまえに惚れそうだ」

　突然、鬼塚は本心を暴露した。

「俺のような狂犬を恐れず、カウンセラーみたいに話してくれる。しかも色男で、いい体だ。育ちがいい男には、いつも憧れる。だけどそういう男は、なかなか手に入らない。たまに手に入っても、そういうやつは心が弱くてどこか病気だ。立佳は病んでない」

「……ナーバスになってますね。あなたはそういうことを普段は絶対に口にしない筈だ。少し眠りませんか。疲れてるでしょ」

「優しいね。ますます惚れちまうよ」

　おかしな男だと思う。あれだけ脅しの種を仕込んだのに、立佳はそのことで怯えてはいない。こんな優しげな外見をしているが、鬼塚を逮捕するつもりだったら、平然と自分の恥部すら曝《さら》しそうだった。

　下手な小細工は通じない相手かもしれない。

　弱みのある人間は、脅されるとすぐに弱体化する。なのに立佳はここまできても、まだ弱体化してはいなかった。心にある信念まで、売り渡してはいないように感じる。

「鬼塚さん、僕の胸に頭を乗せて」

「何だ、急に」

「安心して眠るためですよ。警察はあなたを必要としている。逮捕するつもりはありません。

逆に、今からは僕らがあなたを守ります。だから……今夜は、何も考えずに寝てください。明日になったら、小泉がどう動くか、二人でシミュレーションしてみましょう」

言われたとおりに、鬼塚は立佳の胸に自分の頭を乗せてみた。

「左胸に耳を当てて」

「……鼓動を聞かせるつもりか？」

「黙って、聞いていなさい。そうすると落ち着きます」

「胎児のようにか……」

「そうですよ。目を閉じて、じっと聞いて」

立佳の静かな鼓動が聞こえる。それに合わせるように、立佳の手が鬼塚の背中を撫でていた。

こんなこと他の誰にもしてもらったことなどないし、させたこともない。

やばいなと鬼塚は怯える。

小泉に会ったら、死ぬ可能性は大きい。だからなのか、今夜の自分はどうかしている。立佳のことが気に入ってしまったが、その感情を抑えることが出来なかった。

「嘘《うそ》でもいいんだ……俺に惚れたふりをしてくれ」

何て弱気な発言だ。狂犬と恐れられる男らしくない。

だがそれが本心だった。

「最後になるかもしれねぇからな。どうせならいい夢を見たい」

「その程度の夢でいいんですか？」

「それ以上の夢なんてねぇよ。あるとしたら、小泉を俺のコルトで吹っ飛ばすことかな」

「駄目です。生きたまま逮捕して、正式な裁判を受けさせないと」

「だから警察は甘いっていうんだ。生かしておいたら、やつは逃げる。逮捕されるくらいなら、爆弾抱えて自爆するさ」

「もう考えなくていいから……眠りましょう。僕も眠い……こんなにいいベッドなのに、セックスだけで使うのはもったいないでしょ」

立佳の言葉に、鬼塚は笑う。そして黙って立佳の鼓動を聞き続けた。

こんなことするからいけないんだ、だから俺がおまえに惚れちまうと思いつつ、静かに鬼塚は眠りの世界に入っていく。

世界中でここだけは、今夜の平和が保証されているかのようだった。

フライドエッグ、カリカリに焼かれたベーコン。フレッシュなオレンジジュース。ライ麦パンのトーストと珈琲《コーヒー》。

立佳は朝食を前にして、何だか嬉しくなっている。

家ではいつも和食だ。別に和食が嫌いなわけではないが、そこに隠された健康志向が立佳は嫌いなのだ。

低塩を心懸け、一日三十品目を必ず食べる。確かに素晴らしいけれど、あまりにも固執していると負担に感じる。

意地の悪い考えだが、祖父が亡くなってやっと自由になった祖母は、自由な生活を少しでも長引かせたいから、健康に気を遣っているんだと思ってしまう。それはいいことなのだが、周囲をすべて同調させようというのが気に入らない。

「何だよ。朝飯がそんなに嬉しいのか?」

鬼塚は笑顔の立佳を、不思議そうに見ていた。

「いつも和食なので、ホテルの朝食を子供みたいに喜んでるだけです」

「……やっぱり変わってるな。昨夜のあれは何だ。やられたよ。すっかり気持ちよくなって、大人しく寝ちまったじゃないか」

「セックスとは関係なく、抱き締めるってのは安心させる基本でしょ。パニックに陥った被害者を抱き締めても、セクハラとは誰も言いませんよ」

「そうだな。セクハラってのは、こういうのを言うんだ」

鬼塚は立佳のバスローブをめくって、露出した下半身に手を伸ばす。それを立佳はぴしゃっと叩《たた》いた。すると鬼塚は、子供のように笑い出す。

「ゆっくり食事させてください。僕は……飢えているので」

別に油っこい料理が特別好きなわけではない。だが立佳にとって、祖母から見たら不健康そうに思えるような食べ物、ファストフードやカロリー無視の食事は、たまにどうしても食べたくなってしまうものなのだ。

カリカリのベーコンは、留学していた頃の自由な生活の象徴だ。よく食事をしたレストランで出されたものに似ていた。

鬼塚は大きな瓶に入った牛乳を、コップにも注がずに飲んでいる。鬼塚の皿には、倍近い量のベーコンが載っていて、玉子は綺麗なオムレツだった。

「失礼かもしれないけど、戦地ではあまりいいものは食べられないでしょ？」

「ああ、だが俺は食い物にはうるさくない。食えりゃいいんだ」

「量も凄《すご》いですね。だけど太ってるわけじゃない。メタボなんて言葉、無縁みたいだな」

立佳はそれとなく手を伸ばして、鬼塚の腹部に触れる。緊張もしていないこの時間、緩んでいてもいいのに、鬼塚の腹部はがっちりと硬かった。

「何か……いい感じだ。死ぬ前の夢にしちゃ……いい夢だな」

「よしてください。鬼塚さん、あなたはそんな弱気なこと言わない筈だ」

「言うさ。戦場じゃ、それが挨拶《あいさつ》みたいなもんだった。少しでも幸せだったら、死ぬ時に後悔が減る。その程度のもんだけどな」

死ぬことよりも、生きることを考えろ。そう説教したくなってくるが、立佳の言うことなど鬼塚は本気で聞いてはくれないだろう。それよりこの男を生かしておくには、やはり明確な目標が必要なのだ。

小泉を殺すこと、それだけが今の鬼塚を生かしているような気がする。

では小泉が死んでも鬼塚が生き残っていたら、その後はどうするつもりなのだろう。

「なぁ、立佳。教えてくれ」

急に真顔になって鬼塚が言いだしたので、立佳はパンにバターを塗る手を止めて、じっと鬼塚を見つめた。

「何です?」

「何で女は……殴られても逃げないんだ」

「……」

やはり思ったとおりだった。鬼塚の父親は、妻や子供に暴力をふるう男だったのだろう。鬼塚が女を抱けないのは、自分が父親と同じような男になることを、心底恐れた結果なのではないかと立佳は思った。

「共依存ですよ。私が彼を支えている、私でなければ駄目なんだ、私が我慢すればいいと思っているうちに、それが自分の生き甲斐《がい》になるんです。ほとんどの女性が、そうなるわけじゃない。だけど一度はまると、この状況がおかしいと思う感覚が麻痺《まひ》して、抜け出すのが難しくなります」

鬼塚は食事中だというのに、煙草に手を伸ばす。けれど立佳がじっと見ていることに気が付くと、手を引っ込めて食事を続けた。

「殴ったりする行為だけが、虐待じゃないんですよ。言葉の暴力、経済的な圧力を掛けて自由を奪う、子供を脅しのネタにする。精神的に追い詰めることだって、立派に暴力です」

立佳の脳裏に、祖父の姿が過《よ》ぎる。家はすべて祖父のルールで仕切られていた。祖母も両親も、祖父に傅《かしず》く奴隷だったように、今の立佳には思えるのだった。

「立佳、おまえはいいやつだ。俺の質問にちゃんと答えてくれたな」

「質問されたから、知っていることを言っただけです」

「いや……適当に流すことだって出来る。だが昨日からおまえには適当ってのがない。俺がいないと小泉が見つからないからってだけじゃなくて、おまえは真面目なんだ」

褒められて悪い気はしない。確かに真面目さくらいしか、自分に取り柄はないかなと思って、立佳は微笑んだ。

「立佳……惚れたからっていうより、その真面目さに感動したから、一つ、いい情報をくれてやる」

「えっ……」

「王李白《おうりはく》……白《はく》って呼ばれてる、東大医学部大学院の留学生だが、パーティで集めた客で、おかしな実験をしている。テロ対策課なら分かるだろ。バイオテロだ」

「いきなり、何なんですか……」

「俺は医学なんてものは詳しくない。だが、やつのやってることがバイオテロの実験だってのは分かる。白が主催したパーティに来た客のほとんどが、その後、おかしな病気にかかってるんだ」

立佳の手から、フォークが落ちた。絨毯《じゅうたん》が敷き詰められた床では、カチンとも音がしない。目の前の皿には、フライドエッグの黄身が流れ出して、シュールな絵画のような模様を描き出している。それはそのまま、立佳の不安な心を表しているかのようだった。

「どんな病気なんです?」

「ただの風邪のようなもんさ。吐いて、下して、熱が出るってだけだ。だがな、どんなひどい風邪のやつが混じっていても、パーティの参加者全員に風邪がうつるとは思えない。しかもスタッフは、全員何ともないんだからな。おかしいだろ」

「初耳だ。警察庁には、まだ何の報告もないのに」

「そりゃ報告なんてしないさ。パーティの客のほとんどが、違法薬物をやってるからな。薬に何か仕掛けたんじゃないかと、ヤクザのトップが疑いだしたから、気が付いたようなもんだ。ヤクザにしてみりゃ、苦労して仕入れた自分とこの商品が、そんな不良品だと困るからな」

鬼塚はせっせと目の前の食事を平らげていく。その合間に、もう一本用意されているフォークを、それとなく立佳の目の前に置いてくれた。

「薬そのものに仕掛けられたってことはないんですか？」

「入手先がそれぞれ違う。いくらヤクザが頭の悪いやつらばかりだといっても、中には切れるやつだっているさ。悪評が立ったら、困るのは自分たちだ。警察並み、いやそれ以上の組織力を使って、今、白を調べてる」

「警察にその情報をくれませんか？」

「もうやっただろ。後はそっちで、勝手に調べろ。ただし俺の名前は出すな」

立佳を抱いたことに対する、これは返礼なのだろうか。だとしたら、何よりも有り難いプレゼントだった。

「ありがとうございます」

立佳は素直に感謝を口にした。今の鬼塚だったら、ガセネタを口にするとは思えない。鬼塚自身、白のしていることに対して、かなり危機感を持っているのが感じられたからだ。

「嬉しかったら、小泉を始末するまで、お利口に俺の相手してろよ。ウリセン坊やを買う手間が省けるし……昨夜は……よく眠れた」

さりげなく鬼塚は言った。何を考えているのか分からない危険な男が、時折見せる弱気な部分に、鬼塚に抱かれた男たちはぐらつくのだろうか。

立佳も内心、かなり動揺している。

自身の立場からいったら、鬼塚と親密過ぎる関係になるなどあり得ない。だが一人の人間としてはどうだろう。

やたら噛《か》みつく野良犬が、自分にだけ尻尾を振ってきたら、つい抱き寄せてしまわないか。そして頭を撫で、舐《な》めるのを許し、自分の食べ物を分け与えてしまうだろう。

けれどどんなに可愛がっても、いずれ野良犬は捕獲され、引き取り手もなく処分されてしまうかもしれない。あるいは車に轢《ひ》かれるか、別の野良犬に噛み殺されてしまうのだ。

それでも野良犬を愛することが出来るのかと、立佳は考える。

牛乳で白く汚れた鬼塚の唇を、立佳はじっと見つめる。

まるで精液で汚れたかのように見えるその唇に、立佳は吸い付きたい欲望を感じた。

「何見てる?」

「えっ……そんな大事な情報を貰《もら》ったのに、どうやって着手しようか考えてただけです」

咄嗟《とっさ》に嘘が口をついて出た。

その白く汚れた唇に、キスしたいと思ったことを、素直に言うわけにはいかなかったのだ。

もしその時電話が掛かってこなかったら、立佳は自ら立ち上がり、理由もなく、ただ欲望のままに鬼塚にキスしていたかもしれない。

携帯電話の着信ランプが光り、送信者に木之下《きのした》の名前が浮かび上がっていた。

「はい……阿達《あだち》です」

『どこにいる？』

「まだ鬼塚さんといます」

『すぐに戻れ。帝王《ていおう》ホテルのパーティ会場が、爆破された』

木之下の声には、焦りが滲《にじ》み出ていた。これがファルコンのやったことだったら、警察の無能ぶりが曝されたことになってしまう。すでにＣＩＡから情報を入手していたことが明らかになったら、叩かれるのは分かりきっていた。

「すぐに向かいます」

立佳は時刻を確認する。朝の十時、パーティ会場内に人はいたのだろうか。犠牲者がいないことを、真っ先に願っていた。

「鬼塚さん、帝王ホテルがやられました。ファルコンのやったことかどうかは、まだ分からないようだけど……今から向かうので、今日はこれで失礼します」

堅苦しい挨拶をして、立佳は席を立った。鬼塚は一気に牛乳を飲みきると、続けて席を立つ。

「俺も連れていけ」

「……無理です。関係者以外、現場には入れません」

「ファルコンがやったのかどうか、俺ならすぐに見抜けるけどな」

「警察が融通の利かない組織だって、分かってるでしょ」

着替えのために寝室に戻る。バスローブを脱ぎ捨て、ワイシャツに袖を通そうとした瞬間、立佳は自分が震えていることに気が付いた。

ボタンが上手《うま》く留められない。焦れば焦るほど、手の震えが止まらなくなっていた。

「小泉ごときにびびってんじゃねぇよ」

バスローブの前をはだけ、逞《たくま》しい裸体を曝した鬼塚は、立佳に近づいてきてボタンを留めるのを手伝い始める。

「すいません……まさか、こんなに早く……やられるなんて」

「落ち着け。さっさと捕まえたかったら、俺を現場に連れていけよ。ごちゃごちゃ言われたら、警視総監でもいいから連れてこい。いかに俺が必要か、説得してやるから」

「……」

ボタンを留め終えると、鬼塚はネクタイを手にして、立佳の首に巻き始める。その手つきの鮮やかさに、しばらく立佳は見とれていた。

「日本で武器を入手するには、どうしたらいいか知ってるか？」

「はい。ヤクザ関係が一番確実です」

「そのヤクザとの接点がなかったらどうする？」

「外国人？　だけど無理だ。日本は規制が厳しいから」

「いや、米軍基地があるだろ。小泉は米軍から、必要なものを手に入れてる」

「そんな……」

呆然《ぼうぜん》としている立佳に、鬼塚はいきなりキスしてきた。こんな時にふざけるなと、まずは押し戻すべきなのだろうが、なぜか立佳はされるままになっていた。

頭の中では、巨大な渦が巻いている。その中で溺《おぼ》れそうになっているのに、鬼塚のキスは現実的で、立佳に自分の肉体の存在を強く思い出させた。うっとりするほど心地いい。このまま何もかも忘れ、再びベッドに転がって昨夜の続きをしたいくらいだった。

だが唇が離れた途端に、立佳は気持ちとは裏腹のことを口走っていた。

「こんな時に、ふざけるなっ！」

「それくらいの元気だせよ」

「えっ……」

「相手はただの人間だ。撃たれりゃ血を流す。飯を食えなければぶっ倒れるし、眠らなけりゃ倒れる」

「敵を必要以上に恐れるなということですか」

そんなこと教わってきた筈だ。なのに現実に小泉の存在を意識した途端に、立佳は恐怖に震えたのだ。

鬼塚の読みは当たっていたようだ。キスされたことで、立佳は少し冷静さを取り戻していた。

「米軍は、武器や弾薬の管理を徹底出来なかったことを恥と思うから、絶対に警察の捜査に協力はしない。小泉はそんなこと分かっていて、日本の基地にいる米兵を仲間に引き摺《ず》り込んだんだろう。そうじゃなけりゃ、こんな短期間に爆発物を入手出来ないだろ」

「そうでしょうか。すでに日本国内に、協力者がいたかもしれません。その線も洗い出さないといけないですね」

スラックスを穿《は》きながら、いよいよ対策本部が作られることになりそうだと思った。着替えを家から持ち出さないといけない。当分、ゆっくりしている時間はなくなるだろう。

「鬼塚さん、すいません。ロマンチックな夢は見させてあげられそうにありません。これから本格的な捜査になると思いますから、やることは山積みです」

「そんなことは分かってる」

素早く着替えながら、鬼塚は頷《うなず》く。

「捜査に俺を加えれば、二十四時間一緒にいられるさ」

楽観的な鬼塚に対して、立佳は悲観的だ。鬼塚が警察相手に、大人しくしているとはとても思えなかったからだ。

鬼塚は携帯電話を手にして、誰かに電話をしている。その間に立佳は、ホルスターを付け、しっかりと確認してから銃を収めた。

「俺につれなくしないほうがいい。犯罪者のお約束で、小泉は絶対に現場近くにいる。やつは俺を見つけたら、必ず追ってくる」

同じように銃をスーツにしまおうとしていた鬼塚だが、立佳の不安そうな顔に気が付いて、にやっと笑った。

「安心しろ。警察官が集合している場所に、違法の銃を携帯していくほどバカじゃねぇよ」

「それを持っていること自体が、本来は違法なんです。見なかったことにしますから、僕以外の誰にも、そんなもの持ってること知られないでください」

「そうだな……そうしよう」

素直に鬼塚は頷いたが、立佳はここでまた不安になる。

小泉は絶対に銃器を持っている。なのに対する鬼塚が丸腰で対峙《たいじ》することになったら、明らかに不利だった。

「僕が鬼塚さんを守りますから」

そう口にしたものの、立佳は人に向けて発砲経験のない警察官でしかなかった。

鬼塚は堂々と、自分の車で日比谷《ひびや》にある帝王ホテルまで送らせた。現場はマスコミの中継車や消防車、爆弾処理班などが溢《あふ》れ、かなり混乱していたが、立佳の警察手帳のおかげでどうにか近くまで乗り入れることが出来た。

立佳は現場で、自分の上司の姿を探している。やっと見つけたのか、鬼塚を伴ってその男に近づいていった。

「木之下課長……鬼塚さんです」

緊張した顔で、鬼塚を紹介する。四十代になって間もない筈なのに、今朝は一気に十歳も年取ったように見える木之下は、鬼塚を見た途端に眉を顰《ひそ》める。

「関係者以外、現場は立ち入り禁止だ」

「はい……ですが、小泉……ファルコンのやったことかどうか、早急に調べる必要があると判断して、ご協力を願いました」

ここで上司に対して、ホテルであったことを訴えることだって立佳には出来るのだ。鬼塚を逮捕しても、捜査協力を依頼することは可能だろう。

なのに立佳はそれをしない。何事もなかったかのように、木之下に鬼塚を紹介していた。

思っていたより根性がある。ただ綺麗なだけの男じゃない。自分にされたことを、いつまでも根に持たない潔さと、内心は小泉に対して怯えていても、それを感じさせないようにしているのはさすがだ。

鬼塚は立佳を手に入れて嬉しかった。

「状況、説明してくれませんか？　小泉は銃や爆弾扱うプロだけどね、俺も似たようなもんだ。被害状況が分かれば、何を使ったかすぐに分かる。少しでも早く動かないと、やつが本気だったらすぐに次の被害が出ますよ」

「飛翔《ひしょう》の間っていう宴会場の、シャンデリアが落下した。午後から結婚式が入っていて、準備に入る直前だった。幸い、落下した破片で軽い怪我をした従業員がいるだけだ」

木之下は思ったより簡単に、これまであったことを口にする。

「シャンデリアの接続部分に、爆薬が仕掛けられていた。特別に許可する。そっちの意見を聞かせてくれ」

自ら鬼塚を伴って、木之下は宴会場へと入っていく。

「こりゃあ……凄いな」

帝王ホテルのパンフレットにも掲載されている、スワロフスキー製の豪華シャンデリアが、宴会場の中央でばらばらになっていた。

鬼塚は天井を見上げる。天井まではかなりの高さがあって、長い脚立でも使用しなければ、シャンデリアに触れることも出来ないほどだ。なのにシャンデリアが天井に接続されている部分に、爆弾を装着したのだ。

「午後の結婚式で落下させることも出来たのに、無人の時を狙ってやるなんて、あいつらしくねぇなぁ」

大きく崩れた天井を示して、鬼塚は木之下に言った。

「どういう意味だ」

「民間人を殺すことだって、何とも思わない男だ。もしこれがやつのやったことなら、単なるデモンストレーションだろ。このままほっとくと、どんどんエスカレートして死人が出る」

「……どうやって、あんな高い場所に爆薬を仕掛けたと思う?」

小泉と同じ能力があるか、試されていると鬼塚は感じた。だから隠さずに、思ったままを口にした。

「ラジコンさ。やつの得意技だ。小さなプラスチック爆弾をピアノ線に付けて、シャンデリアの根本部分に巻き付ける。十分もかからないでやったな」

鬼塚の言ったことは、いずれ鑑識によって証明されるだろう。木之下はここで素直に認めていいものかどうか決められないのか、苦虫を噛み潰《つぶ》したような顔をしている。

「大人数で砲弾抱えて敵地の側まで移動するより、ラジコンに爆弾乗せて突っ込むほうが、効率がいいってのがやつの持論だ。CIAから資料貰ってるんなら、もうやつがこれまでどんなことしてきたか分かってるだろ?」

爆破予告でもあれば、ホテル側の警備も強化される。予告など何もなかったから、普段の警備態勢だっただろうが、それを責めることは出来ない。

「鬼塚さん、CIAから連絡があって、グランド捜査官が来日するそうだ。あなたのことも知っているらしいが？」

木之下が言った名前で、すぐに鬼塚は灰色の髪をした男のことを思い出した。

「ああ、よく知ってるよ。自分のポケットマネーで、スシをご馳走《ちそう》してくれた。いいオヤッサンだ」

「先方から、再度の協力依頼が来ている。民間人を巻き込むことはしたくないが……」

「日本に来た友人をもてなすだけさ。何も問題はないだろ？」

小泉のことなど何も知らない日本の警察と組むより、彼らと組むほうがずっと動きやすい。有り難い申し出だったが、鬼塚はそこでまた抜け目なく動いた。

「だが、警察との連絡係りが必要だ。阿達をそのまま俺に張り付けておいてくれないか」

「考えておこう……」

はっきりしない言い方を木之下はした。そこで鬼塚は、すかさず畳みかけた。

「他のやつなら、もう協力しない。小泉との関係を、また一から説明するなんてうんざりだ」

困ったように木之下は、現場にいる捜査員から話を聞いている立佳のことをちらっと見た。

「もし阿達をそのまま預けてくれるなら、いいこと教えてやる」

「あんた上司なんだろ。だったらその権限で、今約束しろよ。文書にして提出しろとまでは言わないから」

木之下は真っ赤になって何か言いたそうにしていたが、言葉を飲み込んでそのまま黙った。そしてしばらく考え込んだ後で、やっと口を開いた。

「いいだろう……。CIAの協力員として、阿達警部を配属させる」

「素直だな。だったら教えてやる。小泉は必ず現場に戻る。この近くにいるぞ」

「そんなことか。その可能性だったら我々だって考えているし、不審者については……」

嘲笑《あざわら》うように木之下は言ったが、それをすぐに鬼塚は黙らせた。

「制服警察官の何人が、小泉を知ってるんだ？」

「……」

「手配書回したか？　あいつはすぐに変装するぞ。それも簡単に分かるようなやつじゃない、手が込んでる」

傭兵を辞めてからの小泉は、まるでスパイのように動きが軽くなった。潤沢な資金と優秀な部下を与えられ、本来の才能を生かし始めたのだ。

「阿達、行こう……。俺なら、やつがどんな姿でも見つけられる」

立佳の腕を摑《つか》み、鬼塚はそこから連れ出す。壊れたシャンデリアにもう用はなかった。

「何だ？」

「見つけられるって、確信があるんですか？」

「あるさ。十年、一緒にいた。どんな姿になってようと、やつはやつだ」

鬼塚は立佳と共に外に出る。制服警官が野次馬の整理をしていたが、報道陣や携帯電話のカメラを向ける通行人で、ホテルの前は騒然としていた。

「まずいですね、どんどん人が増えてる」

「俺の側を離れるな」

立佳の腕を取り、鬼塚は必死で小泉の姿を捜した。

「何で、現場に戻るって分かるんです？」

「命令系統のしっかりした軍にいた頃から、やつはよく抜け出して、自分が破壊した現場を見に戻ってた。仕事先を変えても、その趣味は変わってねぇよ。あいつは変態だから……壊したものや殺した人間を見るのが好きなんだ」

「病的ですね……」

「ああ、一緒に戦うにはいい男だが、酒を飲むとか、抱き合う相手じゃないな」

裏切られるまでは、それでも小泉のことを本気で戦友だと思っていたのだ。もっとも信頼出来る男だったから、少人数で行動する時は、必ず二人で組んでお互いを守り合ってきた。

あのおかしな趣味、自分が殺した人間を見たがる猟奇的な面も、最初の数年間は気にならなかった。自分のことでいっぱいいっぱいだったからかもしれない。

けれどある時、不快に思うようになった。

よく考えると、鬼塚が寝た相手が犠牲になって、その遺体を見ながら冷笑しているところを、偶然見てしまったからかもしれない。

「気を付けろ。このまま行くと、俺達までカメラに入る」

爆破が起きてから、まだそれほど時間は経っていない。報道陣もビデオカメラを設置している途中で、カメラマンは少しでもいい場所を取ろうと右往左往していた。

「映ったらまずいのなら、裏側から行きましょう」

だが歩道いっぱいに広がった人中を進むのは、容易ではない。鬼塚は周囲に鋭い目を向けながら、立佳と共に進む。

その時、鬼塚の野性的な本能が、自分にカメラが向けられたのを察した。

ふと振り向いた鬼塚は、次の瞬間、人混みに紛れてしまった男の肩だけをはっきりと見た。

「立佳、いたぞ」

「えっ……」

「騒ぐな。違ってるかもしれない」

人混みをかき分けて、濃紺のジャンパー姿の男を追った。テレビ局のロゴが入ったジャンパーで、どうやら局の社員証を首からぶら下げている。

頭にはやはり紺色のキャップを被り、手には小型のビデオカメラを持っていた。

「違いますよ、鬼塚さん。パスポートの写真と違いすぎる」

立佳は不安そうに言ってくる。

「パスポートと同じ顔でふらふら歩き回ってるほど、やつはバカじゃない」

おかしなことに、二人がどんなに早足で追っても、その男との距離は縮まらない。そこでやっと立佳も、その男が普通じゃないと気が付いたようだ。

ふと、男は振り向いた。そしてビデオカメラを二人に向ける。明らかに録画しているその様子に、鬼塚は思わず立佳を守るように自分の後ろに下がらせた。

「小泉……」

男は眼鏡を掛けていて、口ひげも生やしている。もっとも簡単な変装だが、それだけでもパスポートに映っていた顔と違って見えた。

どんなに誤魔化そうと、鬼塚にははっきり分かる。百八十センチを少し欠ける身長と、筋肉だけしかないような細い手足。肩幅が広い小泉の体型は、どんな服を着ていても裸体までが想像出来た。

小泉は鬼塚を見て笑っている。

鬼塚も笑った。

だがすぐに鬼塚は、自分が犯した過ちに気が付いた。

男は鬼塚を映していたのではない。立佳を映していたのだ。

小泉は子供のように、指で撃つ真似をした。その指先が立佳に向けられているのは明らかだった。

「立佳、小泉だ。気を付けろ」

すぐに立佳はスーツのボタンを外す。いつでも撃てる体勢にしているのだ。

二人は合図を送り合ったわけでもないのに、同時に走り出していた。それに合わせるかのように、小泉も走り出す。そして小泉は、ジャンパーの背中にロゴが書かれたテレビ局の中継車の陰に隠れた。

中継車の側に辿《たど》り着いた鬼塚は、そこにカメラを手にした男の後ろ姿を見つけた。立佳はすぐに近づき、その男の背後から声を掛ける。

「すまないが、ちょっと話を聞きたい。同行して貰えないだろうか」

「はい？　何ですか？」

驚いたように振り返った男の顔を見て、鬼塚は叫ぶ。

「違う！　こいつじゃない」

テレビ局のジャンパー、眼鏡、多少違っているようだが似たようなキャップ。背格好までよく似ていたが、髭《ひげ》を生やした顔は明らかに別人だった。

「やられたな。立佳、そいつは違う」

慌てて周囲に目を向けるが、もう小泉は姿を変えて、新たな人混みに紛れてしまったのか、

どこにもそれらしき男の姿は見えない。

「あいつはジャングルで身を隠すみたいに、街でも平気で身を隠す。ＣＩＡもこんなふうに、ニューヨークの街中でやつを見失った」

「まだ遠くには行ってない。警察官を動員して、至急不審者を捜し出しましょう」

立佳はすぐに現場にいる制服警官を呼び止め、小泉の特徴を話して緊急手配を要請する。

だがそんなことをしても無駄だ。警察官に通達が回る頃には、小泉はとっくに安全な場所に逃げている。

その手に、立佳の姿が映った映像データを持って、小泉は消えたのだ。

「焦って失敗したな……」

鬼塚は走り出す警察官を横目に、煙草を取りだそうとして、ちっと舌打ちした。

ここはジャングルじゃない。

煙草を吸うにも場所を選ばねばならない、先進国家の首都だったことを、今さらながら思い出したのだ。

獲物を狙うにしても、あの行動は軽率過ぎた。自分たちがカメラに映るのを意識したくせに、なぜ小泉が向けたカメラに、立佳を映させてしまったのか。

鬼塚は銀座の寿司屋の喫煙ルームで、一人煙草を吸いながら、壁に下げられた一輪挿しの花器と、活けられたツツジの花を見つめる。

「まだまだ甘いな……」

小泉に立佳を見せびらかしたかったのではないかと、今になって思う。

おまえは俺の不幸を見たがる。そして俺の寝た男たちをも憎んだ。なのにどうだ。今はこんな男と仲良くしていて、日本でそれなりに幸せに暮らしているんだと、小泉に見せつけたかったのではないか。

あの一瞬で、小泉がそこまで読み取れるかというと、鬼塚は読み取れると確信していた。

一緒にいた頃は、小泉はそう何度も鬼塚のスーツ姿なんて見ていない。戦闘服はもう脱いだのだ。銃も持っていない。そんな鬼塚が、背後に美しい男を従えて、時にはその男を守るようにして小泉を追ってくる姿を見た時、小泉は何かを感じ取った筈だ。

「立佳がやばい……それはまずかった」

小泉の性格からしたら、鬼塚を直接痛めつけるより、側にいる人間にダメージを与えるほうがずっと効果があると考える。鬼塚がただ憎いだけなら、とうに戦闘のどさくさに紛れて殺していただろう。

立佳は鬼塚を守るつもりでいるが、同じように鬼塚も立佳を守らねばならなくなった。

自分が小泉をおびき出す餌になればいいと思っていたが、逆に立佳が餌になってしまう可能性もある。だが鬼塚は、立佳をそんな餌にしたくはなかった。

「鬼塚さん、お見えになりましたよ」

喫煙室の外から、立佳が声を掛けてくる。鬼塚は点けたばかりの煙草を灰皿にねじ込み、急いで通路に出た。そして案内されてきた大柄な米国人、マシュー・グランドを出迎える。お互いのスーツから埃《ほこり》が出るほどの、激しく肩を叩き合うおおげさなハグになった。

「イサオ、元気そうだな。彼は部下のハドリー捜査官だ」

知的な感じがする三十代くらいの黒人が、鬼塚にすっと握手の手を差し出す。

「オーラム・ハドリーです」

「鬼沢勲《きざわいさお》……イサオと呼んでくれ」

立佳の前で本名を名乗った時、鬼塚はなぜか裸を見られるより恥ずかしく感じた。

化粧していない素顔を、いきなり見られた女の心境に近いかもしれない。

けれど彼らは、鬼塚の何もかも知っている。ある意味、日本の警察より鬼塚について知っているのだ。

「こっちは警察庁、テロ対策課」

鬼塚は二人に立住を紹介する。

「警察庁の阿達立住です」

立住はにこやかに握手の手を差し出したが、鬼塚の男の好みまで知っているグランドは、じっくりと立住を観察しながら、少し長く立住の手を握っていた。

個室に入り、料理を注文する。あまり緊張した感じはなくて、いい雰囲気で会食は始まった。

「アメリカから帰る時、スシをご馳走してくれただろ？　あれは嬉しかったな」

ビールを注いでやりながら、鬼塚はグランドのしてくれたことを思い出す。半年近くの付き合いだったが、最後の頃には戦友のようになっていたのだ。

「今日は逃がしたようだな……」

グランドは器用に箸《はし》を使って料理を口にしながら、何気ない様子でちくりと言った。

「今日もだ、マシュー。あいつはジャングルで木の陰に隠れるように、人間の間に巧みに隠れる。追うのが難しい」

「日本の警察は、何を考えてるのかね？　我々がファルコンの仕業だと言っても、未だに左翼か、企業脅迫を試みた一般の犯罪者だと思っているようで、話にもならない」

来日してすぐに、警察の上層部とグランドは会合を持ったのだろう。熱心にファルコンの罪状を語るグランドを、上層部が鼻先で笑っている様子が目に見えるようだ。苦情を言われた立佳は、申し訳なさそうに頭を下げていた。

「グランド捜査官、大変失礼いたしました。ただファルコンが、どこの誰に雇われたのかはっきりするまでは、警察庁としては他の者の犯行も視野に入れて捜査すると思います。私達がまずしなければいけないのは、誰がファルコンを呼び寄せたか突きとめることでしょう」

「雇ったのはヤクザか？」

グランドの質問に、鬼塚は即座に首を横に振った。

「ヤクザもそこまでバカじゃないさ。というか……ヤクザにとっちゃ、日本は安全で豊かな国でなくちゃ困るんだ。そうしないとシノギが回らない。自分達も余計な捜査を受けるし、意味のない破壊行為なんて、何の得にもなりゃしない」

「ホテルを脅迫している様子は、まだありません。金銭目的の脅迫行為ならヤクザも疑われると思いますが、まだ何の声明も出ていませんね」

立佳が鬼塚の言葉をフォローしてくれる。鬼塚はそれに力を得て、さらに続けた。

「米軍、調べてくれないかな？　小泉は日本に入国した時は丸腰の筈だ。どこかで銃器を手に入れてる。だがヤクザの連中は、小泉らしき男に銃器を売ってない。これは確かだ」

「それはこちらで何とかするが……ミスター・阿達。警察庁は、果たして本気で我々の話を聞く耳があるのかね？　私はファルコンを担当してもう四年になる。あいつのせいで、自分に無能の烙印《らくいん》を押されるのを、許せなくなってきているんだが」

グランドは苛立《いらだ》ちを隠さない。きっとここに来る前に、警察庁の幹部相手と揉《も》めたんだろうと思って、鬼塚はさらにビールを勧めた。

「私も、一昨日いきなり呼び出されて、ファルコンが入国したと聞かされました。警察庁には、まだファルコンによる脅威の認識もなく、どう捜査を進めればいいのか、困惑しているのだと思います」

「日本は自国内のテロリストには厳しいが、外からの脅威には弱いのさ。医学部の留学生がおかしな実験やってるのだって、警察はまだ気が付かない。ヤクザのほうが先に気付いてるぐらいだ」

六本木のクラブで、おかしな菌を薬に混ぜて売っているのじゃないかと疑われている白のことを、鬼塚は思い出す。

すると自然に手が煙草を探した。

「しまった……上品な店ってのは、どうもいけねぇ。ここは禁煙だった」

思わず日本語に戻ってぼやいてしまったら、グランドが苦笑している。

「イサオ、煙草止めたら長生きするぞ」

「ファルコンにマークされてる以上、長生きの保証なんざないさ。だからいいんだ」

派手に爆破行為をした以上、鬼塚だけを狙うために来日したのではないことははっきりした。

けれど小泉はわざわざ挑発するように、鬼塚の前に姿を見せたのだ。このまま無事に済む筈はなかった。

「何か引っかかるな……」

ライターを手で弄《もてあそ》びながら、鬼塚は考えをまとめようとする。そこに新たに料理が運ばれてきた。揚げたての天ぷらや、外国人向けを意識してか、牛肉やサーモンの握りが並べられて、グランドとハドリーは嬉しそうな笑顔になっている。

「なぁ、マシュー。この平和な日本にテロリストが来て、誰が一番喜ぶと思う?」

「さあな。退屈してる警察官か?」

皮肉を込めてグランドは言ったが、その言葉もまた鬼塚には引っかかった。

「ミスター・阿達。何人、部下を配属された?」

グランドに質問されて、ほとんどビールも飲まず、大人しく料理を食べていた立佳は、恥ずかしそうに小声で言った。

「私は一人です。もうすでに対策本部は作られていると思いますが、そちらには配属されず、皆さんと警察庁との連絡係りのようなものです」

「ほう……警察庁はイサオの資料を入手していないのか? 彼はゲイだぞ? 我々だったら、狼の前に羊を差し出すような真似はしないがね」

あからさまに言われて、立佳の顔は瞬時に赤くなる。

「それとも資料を読んで、わざわざ君を指名したのなら、上司を疑ったほうがいい」

　グランドの指摘に、鬼塚としては苦笑いするしかなかった。もしそこに警察庁の思惑があるとしたら、まんまと乗ってしまったのは鬼塚だ。

「失礼だが、歴戦の勇士って感じじゃない。デスクに張り付いて、分析をするのが得意なタイプだろ？」

　ずけずけとグランドは言う。こういうところが、実は鬼塚がグランドを気に入った理由だった。

「そのとおりです。グランド捜査官も、私が鬼塚さんとの交渉相手に抜擢《ばってき》されたことを、不自然とお思いになりますか？」

「思うよ。決まってる」

　同意を得るように、グランドはハドリーをちらっと見る。するとハドリーは軽く肩を上げて、いかにも欧米人らしいリアクションをしてみせた。

「テロリスト対策のキャリアは？」

「二年です……。入庁四年になりますが……」

「我々だったら、君をヒヨッコ扱いするな。少なくとも、ファルコンがマークしている、イサオのような男の元に一人で行かせない。気をつけろ。君はスケープゴートにされるのかもしれない」

　立佳はきゅっと唇を噛みしめた。さすがにグランドに言われたことがきつかったのだろう。

ここでどうにかフォローしてやろうかと鬼塚は思ったが、立佳の口から意外な言葉が出てきた。

「スケープゴートの覚悟は出来ています。私の外見が鬼塚さんの好みで、それで交渉が有利になると思われたのなら、警察官としては屈辱ですが、人間としてならそれもあるだろうと思います」

「クールだな」

グランドは目尻の皺《しわ》を深くする。そういう顔になった時は、本心から笑っているのだ。

「鬼塚さんは、出来ることならファルコンと接触などしたくなかったでしょう。命を狙われる危険があるのですから。なのに警察からの要請に応えて、積極的に協力してくれようとしています。いろいろとまずい仕事をしているのは知っていますが、それでもやはり民間人です。彼の命懸けの誠意に応えるには、どんなことでもする覚悟はあります」

「おい、それじゃ、警察のためなら俺と寝るって言ってるみたいじゃないか。そりゃ面白くないんだが」

鬼塚の抗議に、グランドは本気で声を上げて笑い出した。

「知り合ったばかりで、あなたの人間性にまで惚れたなんて、簡単に言えるほうが失礼でしょう。そういう関係が欲しいのなら……生き延びて……お互いを理解しあえる時間を作りましょうよ。これまで激戦を生き延びてきたのに、こんなところで負けていいんですか?」

「クールじゃねぇな。何、熱くなってんだ?」

「何か釈然としません。上層部の考えていることが、分からなくなってきました。グランド捜査官が来日すると分かっていた筈なのに、なぜ私を使ってまで、鬼塚さんに協力させたかったのか。ＣＩＡの協力だけで十分じゃないですか」

立住は単純な正義感から怒っている。たとえヤクザだろうが、鬼塚は日本では民間人だ。そんな人間を危険に曝すことに、義憤を感じているのだろう。

そこまでして鬼塚を召喚しようとした意味はあるのだろうか。

「ああ、駄目だ。ちょっと失礼」

鬼塚は席を立ち、喫煙ルームへと向かう。慌ただしく煙草を取りだし、口に咥《くわ》えた瞬間、ふっと答えが見えたような気がした。

「あるな……それはあるだろう。だが、雇った相手を間違えてる。下手すりゃ、自分で自分の首を絞めることになりかねないぞ」

誰にともなく、鬼塚は呟《つぶや》く。

「敵の敵は味方だ……。だが味方の敵は、やはり敵だ」

まだ確証は何もない。けれど鬼塚の脳裏では、もっとも納得のいく答えが見つかっていた。

店を出ると、鬼塚《おにづか》は待たせていた森下《もりした》と沢田《さわだ》に、優しく声を掛ける。

「おまえらも腹一杯食ったか？」

「はい、ご馳走《ちそう》様です」

鬼塚は部下には優しい。同じ車に乗り込んだ立佳《はるか》は、二人が恐縮しながらも、待っている間に下のカウンター席でしっかり食事していたことを知った。

グランドは別れ際、立佳にだけ聞こえるように言った。

『君の立場は分かるが、イサオには生きる目的が必要だ。彼を助けられるのは、君だけかもしれない』と……。

おかしな展開になっている。小泉《こいずみ》は幻なんかじゃない。確かにそこにいたのに、鬼塚の要望とはいえ、自分は対策チームからは見事に外されてしまった。

これから何をしていけばいいのだろう。

あのシャンデリアが、結婚式の最中に落下したらと思うと、こうしてまったりと会食している時間なんてないように思える。けれど鬼塚には急ぐ様子もなく、むしろ警察の全面協力を得られないグランドのほうが焦っていた。

「すっきりしません……。鬼塚さんもそうでしょ」

「別に……料理が気に入らなかったのか？」

「そうじゃなくて……あっ、すいませんが、自宅に寄ってもらえますか？」

「おい、いいのか。俺に自分の家まで教えて」

「構いませんよ。もうあなたが僕から奪えるものは、何もありませんから。情報を差し上げることも出来なければ、僕を脅しのネタにすることも出来ないでしょ」

立佳は自宅の住所を、森下に教えた。

警察上層部の誰かが、立佳を鬼塚に差し出せと命じたと思える。そこまでして、鬼塚を巻き込む意図が立佳には読めない。鬼塚よりもっとファルコンの情報を持っているグランドが来ると分かっていて、なぜ呼んだのか。

「鬼塚さん、スケープゴートは、もしかして鬼塚さんかもしれない。おかしいですね、どうしてもそんな気がする」

「どうしてそう感じるんだ？」

「自分の考えが矛盾してるのは認めます。小泉をおびき寄せるために、鬼塚さんを使ってるだけのような気がするんです。僕は最初、小泉を追うためにあなたが必要だと言われたのに」

「当たってるかもな……」

鬼塚はそれ以上何も言わない。静かになった車内には、誰の言葉もなく、車は立佳の自宅に近づいていた。

「着替えを取ってきます。すぐに戻りますから、待っていてください」

自宅が見えてくると、立佳はそう告げた。そして駐車場に車が駐《と》められて降りたら、鬼塚もなぜか一緒に降りて付いてきた。

「何してるんです?」

「えっ、挨拶《あいさつ》していこうと思ってさ」

「挨拶? そんな必要ないでしょ」

「いいじゃないか。立佳がどんなところで暮らしているのか、見たくなっただけさ」

鬼塚の気まぐれだろうか。どうしようかと思っているうちに、玄関に辿《たど》り着いてしまった。

車の音を聞いたのだろう。すでに玄関には母と祖母、それになぜか妹までいて、立佳を出迎える。

「お帰りなさい、お疲れ様でした」

立佳のバッグを、母が取ろうとする。それを制して、立佳は言った。

「荷物を取りに来ただけです。すぐにまた戻りますから」

「あら……お食事は?」

ほら、また出たと、立佳の顔は赤くなる。よくしてくれる親に向かって、こんな気持ちを抱くことは失礼だと思ったが、何を脳天気なことを言っているんだと恥ずかしかった。

「食事は済ませてきましたから。その、鬼塚さん、少しそこで待っていてください」

玄関の外に立っていた鬼塚に気が付いて、祖母がすぐに顔を向ける。

「あら、立佳さん。同僚の方？　よろしければ中にどうぞ」

すぐに祖母は、母にお茶を差し上げてと命じる。

「いや、どうもすいません。鬼塚と申します」

どこにそんな愛想のいい顔が隠れていたのかと思うほど、鬼塚の顔つきはがらりと変わっていた。いかにも人好きのしそうな笑顔を浮かべて、鬼塚は邸内に入ってくる。

「警察庁の方ですか？」

滅多に立佳が同僚を伴うようなことはなかったから、祖母の愛想もいつにも増してよくなっていた。

「いえ……米国の……それ以上は……すいません」

「あら……まあ、そうでしたの。どことなく日本人離れしてらっしゃると思ったら。もしかしてハーバードでご一緒させていただいたのかしら」

何を祖母は興奮しているのだろう。気にはなったが、立佳は着替えを取るために部屋に向かわないといけなかった。

自室に入り、急いでスーツとワイシャツ、下着に靴下と揃《そろ》えてガバメントバッグに詰め込んだ。今まで着ていたものも着替えながら、これからどうなるのかぼんやりと考える。

小泉が逮捕されなかったら、その間ずっと鬼塚といるのだろうか。そんなことは不可能だ。

鬼塚だってするべきことがあるだろう。それはきっと警察官の立場として、黙って見過ごしていいようなものじゃない。

犯罪者の護衛をするのか。そう思うとさっさと鬼塚と離れるべきだと思うが、グランドに言われた言葉が心をかき回す。

鬼塚には、自分の居場所を見つけて生き続けて欲しかった。どんな形であれ、立佳は鬼塚との交流をこの先も続けたいと思っている。なぜそんな気持ちになったのかは、今はあまり考えたくない。

とんでもない答えを知ってしまうことを、立佳は恐れたのだ。

階下からは笑い声が響いていた。それはいつも静かなこの家では、滅多に聞かれないような華やかなものだった。

「お待たせしました、鬼塚さん」

「あら、ちょうど珈琲《コーヒー》が入ったところですよ。立佳さんもゆっくりしていらしたら」

居間では祖母に母、それに妹までが同席して、淹《い》れたての珈琲と菓子で鬼塚を饗応していた。

普段この家では好まれない喫煙の許可まで貰《もら》ったのか、鬼塚は煙草を吸っている。居間は珈琲と煙草という、あまり馴染みのない香りで占拠されていた。

「トイレ、お借りしていいですか？　あ、場所を教えていただければ」

立佳と入れ違いに、さりげなく鬼塚は居間を出ていった。どうしても鬼塚の動きには、すべて意味があるように思えてしまう。立佳は後を追うべきかと思ったが、それを祖母の言葉が阻止した。

「CIAにいらっしゃる方なの？　何だか凄《すご》いわね。日本の警察庁にいらっしゃるおつもりはないのかしら？」

「えっ……」

鬼塚の言ったことをすぐに信じてしまうなんて、何と愚かなと立佳は言葉に詰まった。けれど自分が連れてきたのだ。それだけで疑いは持たないのだろう。

「何だか大変なことになっているみたいね」

母は心配そうに訊《き》いてくる。ニュースぐらいは観ている証拠だ。

「そうなんです。いろいろと大変なんです。ですから、しばらくは戻れないかもしれません。どうか、ご心配なく」

しばらくして鬼塚は戻ってきた。珈琲のお代わりを祖母は薦めたが、鬼塚はさりげなく立佳に目配せする。急いで立佳は立ち上がり、鬼塚が皆に挨拶しているうちにさっさと玄関に向かった。

外まで見送りに出ようとするのを、立佳は何とか玄関までで押しとどめた。

べっとりと纏《まと》わり付くような、甘い平和。そんなものが今の立佳には、たまらなく恥ずかしいものに思える。

鬼塚の車に乗り込むと、危険な場所に行くというのになぜかほっとした。

「いい家族だな……。だが、セキュリティ会社に任せてるからって、あんまり安心しないほうがいい。広いばかりで、安全とは言えない家だな、ありゃ」

車が走り出した途端に、鬼塚はこれまでの愛想のいい雰囲気をがらりと変えて、厳しい口調で言った。

「警察官に巡回してもらうか、いっそ家族ごとしばらくどこかに行かせたほうがいいな」

「何でそこまでやる必要があるんですか？」

「小泉だったら、立佳を手に入れるために平気で家族を脅しに使う。あいつがこの三年間、どれだけ卑劣なことをしてきたか、知ってるだろ」

「僕のことなど、そこまで詳しく知ってるでしょうか？」

「味方の敵は……すべて敵さ」

謎《なぞ》のような言葉を口にすると、鬼塚は押し黙る。沈黙にたまりかねて、立佳のほうが先に質問していた。

「ホテルに戻るんですか？」

「いや……ホテルに迷惑は掛けたくねぇからな。ご自宅ってやつに、今度はこっちが招待してやるよ」

車が到着した先は芝公園《しばこうえん》の近くで、思っていたよりありふれた印象の古びたマンションだった。鬼塚はそこで森下に何か耳打ちすると、すぐに帰らせてしまう。

　エレベーターで辿り着いた先は七階。非常階段近くの奥まった部屋だった。

「豪邸を期待しないほうがいい……」

　ドアを開く時も、鬼塚は一瞬だが緊張した様子を滲《にじ》ませる。それは長い間に、自然と身についたものなのだろう。

　中もそんなに広くない。リビングダイニングと寝室があるだけの、いたってシンプルな部屋だ。ただ窓は大きくて、目の前に何の障害物もなく綺麗《きれい》に東京タワーの姿が拝めた。

「明日、あのご婦人方をどっかに避難させろ。それと宅配便で怪しい物が届いたら、爆発物処理班に持っていくように教えておけ」

　鬼塚はさっさとスーツを脱ぎながら、とんでもないことを口にする。

「どういうことです?」

「……さあな。俺の言うことを聞いておけば、哀しい思いをしなくて済む。もっとも立佳が、あのご婦人方がこの世から消えてくれたらせいせいするってんなら別だがな」

「そんな……」

　せいせいしたいと思うほど、家族を憎んではいない。これでもまだ家族に対して、愛情は残っていた。

「いいだろ、東京タワー。あれが気に入って、この部屋を借りた」

「もっと広いところに住んでるのかと思いました」

「どうせ仮住まいさ。そんな広い部屋はいらない。食って、寝て……セックスして。それだけ出来りゃいいだろ」

それが鬼塚の正直な気持ちだろう。金ならあるだろうに鬼塚の家はシンプルで、そこに鬼塚の生き方そのものが集約されているような気がした。

鬼塚は点《つ》けていた電気をすべて消してしまった。するとオレンジ色の無数のライトで彩られた東京タワーが、瞬時にこの部屋の主役の座を奪ってしまった。

「東京タワーのライトアップが消える瞬間を二人で見ると、結ばれるそうですよ」

立佳は近々放送塔としての役目を終える東京タワーを、感慨深げに見つめた。

「ふーん、それじゃ試してみるか?」

すでに上半身裸になった鬼塚が、窓辺に立つ立佳に近づいてきた。

「もう、そういうのはいいじゃないですか」

「はっ? 何だ、その冗談は」

「だって……」

狭い部屋には逃げ場がない。いや、広いホテルのスイートルームでも逃げ場はなかった。

鬼塚に狙われたら最後、どこにも立佳の逃げ場所などないのだ。

「十二時になればライトアップは消える。それを見ながらやってたらどうなるんだ? 俺と立佳は結ばれるのか？」

「そういうロマンチックな夢なんて、鬼塚さんは見たことないでしょ」

「どうかな……立佳が過激な夢を見ているのと同じくらい、見てたかもしれないだろ」

鬼塚の手が伸びてきて、立佳のネクタイに添えられた。

今朝は鬼塚が締めてくれたネクタイが、夜には鬼塚によって解かれようとしている。

「あの家で、毎晩どんな夢を見てる……」

「夢は……ほとんど見ません」

「嘘《うそ》だ。立佳は……あの家から攫《さら》われるのを、夢見てたんじゃないか？」

低くなった鬼塚の声は、催眠術師のもののようにじわじわと立佳の中に染みこんでいく。

あんな短時間の滞在で、立佳の心の深奥に隠された欲望など見抜ける筈《はず》がない。そう思うけれど、鬼塚の言うとおりだ。

あんなに平和で静かな家なのに、立佳はあそこから連れ出されることを、子供の頃から夢見ていたような気がする。

「そういう夢は……女の子が見るものですよ」

ネクタイがするっと引き抜かれた。それと同時に、鬼塚は立佳の唇を奪った。

立佳は冷たいガラス窓に体重を預け、鬼塚がいいように唇を貪《むさぼ》るのを許した。

目を閉じると、ふと、遠い日の妄想が蘇《よみがえ》る。

どこからともなく悪者が忍び込み、立佳のことを縛って連れ出すのだ。そして車のトランクに放り込まれ、どことも知れない場所に連れて行かれる。

子供だったから、それから先の展開まで妄想する力はなかった。けれど攫われていく自分というシチュエーションに興奮し、初めて性器を硬くしてしまった。

立佳が誘拐されることのないようにしろと、祖父が口うるさく母を叱《しか》っていたせいだろうか。目の前で聞いていたわけではないが、耳にしてしまったのだろう。それが悪夢となって、執拗《しつよう》に立佳を追ってきたのだ。

「俺が攫ってやるんだ。だったらいいだろ?」

耳元で囁《ささや》かれて、立佳の中で何かが崩れ始めた。

鬼塚を抱く手に思わず力がこもる。それを了解のサインと受け取ったのか、すぐに鬼塚の手が立佳のベルトを外し始めた。

「本当だったら、今日は一日中ホテルでいちゃついてる筈だったのにな。小泉のおかげで邪魔された」

立佳の体に触れる鬼塚の手が熱い。すでに興奮している証拠だ。

同じように立佳も興奮している。あの温い平和な家から出て、鬼塚の車に乗り込んだ瞬間から、この興奮は始まっていたのかもしれない。

「どうした? もう嫌だとか、恥ずかしいとか言うのは止めたのか?」

鬼塚に笑われて、立佳は静かに頷《うなず》いた。

そのとおりだ。自分の隠されていた欲望が、素直に顔を覗《のぞ》かせているのがはっきりと分かる。

「最高の相性だと思わないか？　壊されたい立佳と、癒されたい俺だ……。おまえの胸に頭を寄せて眠りたい。俺を……優しく抱いて……くれるんだろ？」

「いいですよ……また、昨夜みたいに……うっ！」

乱暴に性器を握りしめられて、立佳は呻《うめ》いた。

「俺は優しくなんてしないぞ。そのほうが嬉《うれ》しいだろ」

力強く立佳の性器をしごきながら、鬼塚は甘い声で囁く。

「なぁ、見せてやろうよ」

「えっ……」

「どこかのビルからなら、見えるかもしれない」

そう言うと鬼塚は、立佳のスラックスを一気に引きずり下ろし、くるっとその体を反転させて、窓に張り付かせてしまった。

「あっ！」

目の前に何の障害物もないとはいえ、下から見上げたら見えてしまうかもしれない。あるいは少し離れたビルでも、双眼鏡やカメラのズームアップ機能の類《たぐい》などを使えば、簡単に見えてしまうだろう。

せめてもの救いは部屋が薄暗いことで、そうでなければ何もかもが曝《さら》されてしまうところだった。

「寝室に……お願いだ」

「セックスはベッドでするもんだと思ってるのか？　ベッドなんてない場所でも、こうすりゃ十分に楽しめる」

性器に添えられていた手は、後ろの部分に回された。昨夜からの激しい行為の連続ですっかり慣らされたその部分は、鬼塚の指を苦もなく受け入れる。

それどころか、入ってきた瞬間、立佳にとって予期できなかった快感すら与えてくれた。

「あ、ああ……」

誰かが見ているかもしれない。そう思うと逃げ出したくなる衝動が湧《わ》き上がるのに、それと同じくらい興奮していた。

自分はどうなってしまったのだろう。

壊されたいと鬼塚が言ったが、そうなのだろうか。

「うっ……うう」

鬼塚の指が内部で暴れている。いつか立佳は目を閉じて、次に自分がされるだろうことの期待に身を震わせていた。

興奮した性器は、冷たいガラス窓に押しつけられている。鬼塚の指が強く入ってくると、性器も同じタイミングでぐにゅっと潰《つぶ》された。

それすら快感になってしまうのは、どうしたわけだ。

「ああ……い、痛い……」

思わず出た声は、蕩《とろ》けたといった感じの声になっていた。

たった一日の間に、立佳の体に何が起こったのだ。

昨日されたことを思い出そうとしても、すぐには思い出せない。体のほうが正直で、次にして欲しいことをねだるかのように、腰が勝手に動き始めていた。

「東京タワーからだったら、見えてるかもしれないな」

「も、もう営業時間は過ぎてます」

「そうだったな……そろそろライトアップが消える時間だ。やってる途中に消えたらどうなる？　俺達は結ばれる運命ってやつなのか？」

それはつまらない都市伝説だ。そんなものに翻弄《ほんろう》されるなんておかしいと思いながら、立佳は窓一杯にその姿を曝している東京タワーのライトが消える瞬間を、鬼塚と一緒に見たいと望んでいた。

「欲しいんだろ？　欲しいって言えよ」

「……」

そんなことまでとても言えない。まだ羞恥心は残っているのだ。

「言わないと、いつまでもこのままだ。これがいいってんなら……それでもいいが」

「うっ……」

指の動きが、どんどん気のないものになっていく。焦らされているのだ。

なのに立佳の興奮はますます強くなっていて、解放されたい焦りが下半身を勝手に蠢《うごめ》かせていた。

「おまえは俺といると、どんどん壊されていくんだ。俺の前では、いい子でいる必要なんてない。どうした？　欲しがれよ……。ねだっていいんだ」

悪魔はこんなふうに人間を誘惑するのだろうか。

鬼塚の囁きが、立佳の中からどんどんこれまでの自分を引き剝《は》がしていく。

「ああ……」

立佳は自ら性器を窓に強くこすりつけた。

すると祖父の厳格な顔が浮かんできた。蔑《さげす》むように立佳を見ている。祖父がそんな顔を向けるのは、あの家の女達に限られていると思っていた。

そうか……自分はついに、蔑まれるような存在になれたのだ。もう無理をして、祖父を笑わせる必要なんてないと思った瞬間、するりと自分の中から何かが逃げていった。

「ああ……欲しい……。思い切り……壊して……」

「いい子だ……」

約束は果たされた。はちきれんばかりに膨らんだ鬼塚のものが、ぐっと押し入ってくる。

「ううううっ、あっ！」

射精の快感とは明らかに違うものが、立佳の全身を貫く。

昨日まで知らなかった、秘密の快楽だった。

「あっ、ああ……み、見られてるかもしれないのに……」

「興奮するんだろ。いいじゃないか、見せてやれ。いい顔して、泣いてるとこを見せてやればいいだけさ」

「あっ、ああ」

ガラス窓に、いつか全身を張り付けていた。鬼塚が激しく動く度に、性器がこすられて痛む。胸と顔をガラス窓に寄せ、腰を少し浮かせて性器を楽にした。そして自然に自分の手でしっかりと握りしめていた。

「ううっ……」

向かいのビルから、じっと見上げている祖父がいるような気がする。

攫われるからそんなことをされるのだ。なぜ、警察官になぞなったと、怒りのこもった目で祖父が見ているような気がする。

「もう……もういいんだ。これでいい……いいんだ」

祖母が釣書《つりがき》と写真を手に、全身を震わせているのが見える。

あの家に、新たな女を加える計画が潰れることを、祖母は何より恐れている。

「嫌だ……ああ……嫌なんだ……」

「いきたいのか？　我慢するとよくないぞ」

鬼塚が手を伸ばしてきて、立佳のものを握ってきた。すでに湿ってしまった性器を、巧みに鬼塚の指先はこすりあげていく。

「あっ……ああ……」

「楽しめよ。ごちゃごちゃ考えることはない……。こんなに喜んでるじゃないか」

「んっ……ううう……」

「この体はおまえのものだ。自分を楽しませなかったら損だぞ……んっ……ほらっ、何度でもいかせてやるから……思い切りぶちまけろ」

「あっ……ああ」

自分の体は自分のもの。そして自分の魂も、自分のためにあるものなのだ。

体と魂は、今、立佳だけを喜ばせている。

誰かのためにしているんじゃない。これは立佳のためのセックスだ。

「いけよ……ほらっ……いった瞬間、中がきゅっと締まってたまんねぇんだ。なぁ、楽しませろ、立佳……」

「そうだった……これは……鬼塚さんを楽しませるセックスだったんだ」

「どっちも楽しめなかったら、本当に楽しんだことになんねぇよ。感じてるか……感じてるな、もうほら、口が開いて手がべったりだ」

「んっ……もう少し……だけ……」

ライトアップが消えるまで、こうして繋《つな》がっていたい。

消える瞬間に射精したら、心からこのセックスを楽しめるような気がした。

東京タワーを見ているのか、それともどこか別世界の何かを見ているのか、もう分からなくなっている。

視界がふっと暗くなった。

それと同時に、立佳は勢いよく射精する。

ほらっ、これで願いは叶《かな》う。だがどんな願いを叶えたいのだ。鬼塚との関係を、ずっと続けたいとの願いだろうか。

まだ鬼塚は動いている。そう簡単にいかない男だから、立佳は射精の欲望に追われることなく、鬼塚の動きを味わおうとしていた。

何て貪欲《どんよく》なと思った瞬間、立佳の目は、突然の光を捉《とら》えていた。

「えっ、ええっ……」

微《かす》かに音が聞こえたような気がした。それとも気のせいだろうか。いや、明らかに異常事態が起こっている。

東京タワーの大展望台の内部で爆発が起こり、激しく燃え上がっているのだ。

「お、鬼塚さん……」

「ああ、見えてる。小泉のヤロー、どこまでも人の邪魔する気だな」

「い、行かないと」

「まだだ。もう少し楽しませろよ」

「そうじゃない、現場に行かないとまずい」

「嫌だね……」

鬼塚はそのまま激しい注挿を続けている。あんなものを見ても、萎《な》えるということはなかったのだ。

「東京タワーで、爆発があったっていうのに、行かないわけにはいかないでしょう」

「東京タワーは逃げないだろ」

「お、お願いだっ」

「さっさと自由になりたかったら、もっと楽しませろ」

どうやったら鬼塚がいくのか、立佳などには分からない。そのまま握った拳で、ガラス窓を叩《たた》くしか出来なかった。

「現場に、小泉がいるのに」

「ああ、分かってる。俺が行くのを待ってるってのもな。だが今回はパスだ」

「えっ……そんな」

ずるっと鬼塚のものが引き出されたのが分かった。慌てて振り向くと、まだしっかりと屹立《きつりつ》したものが目に入った。

「おい、途中で休憩ってのは無しだからな。続きは風呂でやろう。来いよ」

「い、行かなくちゃ」

足下にずりおちたままのスラックスを引き上げ、ベルトをしようとする立佳を、鬼塚は小バカにしたように鼻先で笑う。

「今朝のは、やつにしたら挨拶みたいなもんさ。だから俺を撃たなかった。今行ったら、絶対に狙われる。不利な戦いはごめんだね。ぐずぐずすんな。さっさと来い」

服を脱ぎ散らかしたまま、鬼塚はバスルームへと消える。

それと同時に、携帯電話が激しく鳴り出した。

「課長からだ……」

すぐにまた別の着信が入っている。家からと警察庁のテロ対策本部だった。

どれから出たらいいのか分からない。立佳はとりあえず木之下《きのした》の電話に出た。

『どこにいる？　ホテルか？』

「いいえ……外です」

『何が起こったか、分かってると思うが？』

「はい……すぐに現場に向かいます」

何があっても行かなければと思っていたが、確かにこの状況では小泉のほうが有利だ。また人混みに紛れて、鬼塚が出てくるのを待てばいい。

日本人の平均身長は欧米並みじゃない。小柄な男達の中、鬼塚はどこにいても目立ってしまう。それではまるで、どこからでも撃ってくれと言っているようなものだ。

立佳は携帯電話をマナーモードに切り替えた。もし出なかったことで何か言われたら、人混みの中、小泉を捜していたと答えればいい。

「……ずるくなったな」

良心が痛んだが、鬼塚を守るためには仕方のないことだ。

「鬼塚さん……」

立佳はバスルームまで鬼塚を追っていった。

鬼塚はシャワーで体を洗っている。何度見ても、迫力のある体だった。

「電話は出るな。うぜぇし……ここにいることも教えないほうがいい」

「教えるつもりはありません」

「お利口だな。続きしようか」

「とてもそんな気にはなれませんよ。だって東京タワーが……」

「いいじゃねぇか。ライトアップが消える瞬間までは、無事だったんだから、願いはきっと叶うさ」

立佳はバスルームの中にあるトイレの便座に腰掛け、ぐったりとなって頭を抱え込んだ。

「あの時、逮捕しておけばよかった。もっと声を出して、現場の警察官の協力を仰ぐべきだったのに」

「止めとけ。味方の敵は敵だ」

「何なんです、それって。口癖ですか？」

「脱げよ。洗ってやる」

「そういう問題じゃないでしょう。見ている目の前で、あんなことがあったのに」

「俺に、その靴下を脱がさせたいのか？」

大きくため息を吐くと、立佳は自ら靴下を脱ぎ始めた。

洗面台の上に置いた携帯電話の着信ランプは、ずっと光りっぱなしだ。木之下や同僚からのもあるだろうが、そのほとんどが家からなのは想像がつく。

「小泉は必ず現場に戻るって言ってましたよね。今行けば、逮捕出来るかもしれないのに」

「今動いたら、確実に狙われるって分かっていて、のこのこ出て行くほどバカじゃねぇよ。もっともそれを狙ってるのは、小泉だけじゃないが」

「どういう意味です？」

「洗ってやる……っていうか、洗わせろ。綺麗《きれい》にしたら、たっぷり舐《な》めてしゃぶってやるから」

「よしてください……。無理だ……」

それでものろのろと立佳は服を脱ぎ、鬼塚と並んでシャワーの下に立った。すると鬼塚は、立佳の髪を手にした石鹸《せっけん》で洗い出す。

「石鹸ですか?」

「ああ……これなら髪も傷まない。小泉が教えてくれたんだ」

あまり香りのない石鹸で、鬼塚は子供の頭でも洗うように自然な感じで立佳を洗っていく。甘えたくなるような優しい動きだった。

「小泉を雇ったのは、恐らく警察だ」

さらっと言われたので、立佳は聞き間違いかと思った。それとも耳に湯が入ったのだろうか。そのせいで、別の言葉を聞き間違えたのかもしれない。

「立佳、内部に通報者がいる。自分の居場所も決して教えるな。ぐずぐず言うだろうが、出来れば今すぐ家族を避難させたほうがいい」

「鬼塚さん、冗談でしょ? 誰が小泉を雇ってまで、こんな愚かなことをしたがるんです?」

「誰も死なない。金銭要求も政治的メッセージもない破壊行為。こりゃ、テロ行為のデモンストレーションだ。平和ボケしたこの国で、危機感を煽《あお》りたいんだろう。だが雇用主は、いずれ小泉を雇ったことを後悔する」

言っている意味が全く理解出来なかった。そうしているうちに、鬼塚は立佳の全身を、石鹸をこすりつけて洗い始める。

「警察がどうしても俺を引っ張り出したかったのは、それが小泉が仕事を受ける条件だったからだ。日本に来ても、俺は潜ってるからそう簡単に見つからない。何しろヤクザと組んでるからな」

「あり得ない。どうかしてる」

「立佳を差し出し、司法取引っておいしい餌《えさ》をぶら下げれば、俺が出てくると読んだんだ。そして俺が立佳に惚れたら、弱みを握れる。やつの手だ。使えるものは何でも使う」

散々自分がいたぶった部分を、鬼塚は石鹸を泡立て手になすりつけ、中まで丁寧に洗う。冷静な時だったら、そんなことまでしなくていいと言えたのに、立佳の思考は完全に停止していた。

「小泉が俺を殺しても、何の問題もない。俺の経歴は小泉とほとんど同じだ。俺がファルコンだったと言われても、世の中は納得する」

「そんな、あり得ない。警察はそんなことをする必要なんてないでしょう」

「だったら俺が間違ってると分かるように、詳しく説明してくれ。今回のことで、ヤクザは一切関わっていない。今この国には、小泉を雇ってまで破壊行為をしなけりゃいけない極左集団も、宗教団体もいないだろ。危ないやつらはいるが、あのバカ高い小泉を使うくらいなら、もっと別の方法で啓蒙活動するさ」

鬼塚は跪《ひざまず》き、立佳の足を自分の太股《ふともも》に乗せ、指の間まで丁寧に洗い始める。その様子は慣れていて、ふと立佳は、鬼塚がきっと過去にもこうして自分が寝た男を、愛情を込めて清めていたんだと思った。

「立佳……おまえも捨て駒だ。巻き込まれておまえが死んでも、誰も困らない。入庁四年の、まだまだひよっこだ。俺と相撃ちってことになれば、階級あげて涙の殉職葬儀だな」

「待ってください。待って、落ち着いて」

落ち着きたいのは立佳のほうだ。鬼塚は冷静で、股間《こかん》のものも半分屹立した状態だった。このまま立佳を綺麗にして、ベッドに連れ込むぐらいの余裕はありそうだった。

「落ち着いてるさ。小泉はな、下手な素人がコンタクト取れるような男じゃないんだ。かなり複雑なルートを経ないと、やつを雇うのは難しい。日本でヤクザ以外に、そんなルートに辿り着ける集団がどれだけいる?」

「……それは……」

「味方の敵は敵だ。そして敵の敵は味方だ。立佳、今、俺達が一番信頼出来るのは、残念なことにＣＩＡとヤクザだけだ。警察は一番頼りにならない」

キャリアで入庁、欲をかかなければそこそこの地位にはいける。それでいいと思っていたが、本当にそれでよかったのか。

鬼塚の言うことを、すべて否定出来ない自分がいた。考えれば考えるほど、そんなこともありうると思えてくる。

「最初から、鬼塚さんを犯人に仕立てるつもりだったんでしょうか」

「そのほうが簡単だろ？　ＣＩＡがどんな証言をしてくれても、所詮《しょせん》日本国内じゃ、意味のない叫びさ」

「おかしいな。鬼塚さんの言うことのほうが、本当に思えてくる」

立佳は半泣きになっていた。ありがたいことに涙が滲んでも、それを温かい湯が流してくれていた。

「どうすればいいんですか？」

鬼塚を守りたい。このままむざむざと犯人に仕立てられ、殺されるのを黙って見ていたくはなかった。

「ほらっ、綺麗になった。そんな顔すんな。俺にもまだ打つ手はあるから」

立ち上がった鬼塚は、立佳の全身に湯を浴びせて、泡と汚れを流させる。立佳は自分の体から汚れがすべて流れ落ちたと思った瞬間、鬼塚に抱き付いていた。

「守ります。何があっても鬼塚さんを守りますから。それにはまず、小泉を逮捕しなければ」

「逮捕はねぇな。依頼された証拠を握ってる小泉だ。殺すか、逃がすか、二つに一つしかねぇだろ」

「公安にも調査室はありますよ。その証拠が手に入ったら、たとえ相手が警察関係者でも、こちらも戦えます」

そう言ったものの、立佳にもそれがどんなに困難なことか分かりきっていた。

「やめとけ。無駄に戦って命捨てても意味がない。それより、ほらっ、家族が心配してるぞ。電話して、すぐにどこかに逃がせ。小泉はもう立佳の情報入手してる。それを利用させたら負けだ」

バスタオルを手にすると、鬼塚は立佳の肩に掛けた。そして自分もバスタオルを取ると、そのままバスルームから出て行ってしまった。

「鬼塚さん……」

追っていったが、立佳はそこで足を止めた。

鬼塚は真剣な顔をして電話をしていて、近寄れない雰囲気だった。

立佳も携帯電話を手にする。こんな時、誰に電話をするか。一番冷静な判断の出来る妹に掛けるのが正解だと思って、立佳は妹を呼び出していた。

外ではサイレンが鳴り止まない。次々と消防車とパトカーが、通りを駆け抜けていく。その音だけで、嫌でも不安感は煽られる。もし、こんな騒動で危機感を抱かせることが出来ると思っていたなら、彼らの計画は見事に成功したのだ。

四つ年下の妹には、感謝している。女というだけで、祖父は妹のことなどほとんど顧みなかったが、弁護士になりたいと必死で勉強しているだけに、ただの箱入り娘ではなかったようだ。そのおかげで助かった。立佳は半分が焼け落ちた自宅の前で、呆然《ぼうぜん》としながら妹への報告電話を終えたところだった。

早朝近くの時間帯に、突然、キッチンで大爆発が起こったという。ガスの不始末かと消防は言っているが、詳しく調査すればいずれ違った答えが出てくるだろう。

阿達《あだち》の家には、届けられる物が多い。祖父が生前に世話した人間とか、父の関係者、それに祖母や母にも交流関係はあって、多いときは日に何個も宅配便が届く。さらに郵便物もたくさんあった。

キッチンの一角に、それら届けられたものを保管しておく場所がある。その中のどれかが爆発したのだろう。

立佳からの電話を受けた妹は、最初意味が分からず、ただ狼狽《うろた》える祖母と母を、とりあえず言われるままホテルに避難させた。最初は文句を言っていた祖母は、爆発があったことを知り、ショックのあまり医者を呼ぶ羽目になったという。

「鬼塚さん……どんなに感謝しても感謝しきれません。うるさい女達だと思うけど、やはり僕にとっては大切な家族ですから」

一緒に来てくれた鬼塚は、眠そうにしながらも、鎮火にいそしむ消防隊員の前で、堂々と煙草を吸っていた。

「まぁ、良心的と言ったら、良心的だな。早朝にキッチンにいるやつは少ないからと、小泉が思ったかどうかは知らないが」

昨夜、二人で珈琲を飲んだ居間は、見事に焼けてしまっている。祖母のための料理が作られていたキッチンは、ほとんど壊滅状態だった。

もし自宅に戻っていたらと、立佳は考える。そして家族が家にいたらとも考えた。

何となく予感がしていたのだろうか。立佳は熟睡することも出来ずに、鬼塚の頭を胸に乗せたまま、ぼんやりと携帯の着信履歴を確認していた。そんなことを繰り返すうちに、警察から自宅が火災に遭っていると通報があったのだ。

「だけど……とんでもないことが分かってしまいました。火事よりも、むしろそっちのほうが大問題になりそうです」

立佳は苦笑しながら、鬼塚を見つめる。

「火種を投げ込むのは、やつの得意技だからな」

鬼塚も苦笑いしていた。

警察は最初、父に連絡しようとしたらしい。けれど父に連絡がつかなかった。出張中でもないし、泊まり込みになるような仕事も抱えていない。なのにどこにもいなかったのは、何と愛人の家にいたからだ。

父も肉が食べたかったのだろうか。

そんなことを思いながら、爆風でねじ曲がった冷蔵庫の扉を見つめる。

今頃はホテルで、父は女達の非難を浴びていることだろう。だが非難されるべきは小泉であって、父ではない筈だ。

「何で立佳の家がやつに分かったと思う?」

「誰かが教えたからでしょう……」

「そういうことだ。いよいよ危なくなってきやがった」

明るくなり始めた空を見上げて、鬼塚は深々と吸い込んだ煙草の煙を吐き出した。

「警察は最初、この爆発を小泉と結びつけない。あっさりと解決するわけにはいかないからな。いずれ俺が小泉にやられて、ファルコンだって濡《ぬ》れ衣を着せたら、この爆破も俺がしたことになる」

「そんなことは、僕がさせません」

「無理だな。俺達は監視されてる。昨夜、俺がおまえの家に入り込んだのも、いいように利用されるだけだ」

「えっ?」

確かに鬼塚は、立佳の家に入り込んだ。けれどそれはセキュリティの確認のためだったろう。けれどそんな事情をどう説明しても、鬼塚にとっては不利なだけだった。

「言ったろ、警察は信用出来ないって。尾行がついてるのに気付かなかったのは、俺も色惚けしたってことだ」

鬼塚は悔しそうに唇を噛《か》みしめる。

立佳は恐る恐る周囲を窺《うかが》った。消防隊員に混じって、制服警察官が大勢現場検証に立ち会っている。この中に、二人の様子を監視している者がいたとしても、今の立佳には見抜くことも出来ない。

「味方の敵は、敵ですか？」

「そ、そういうことだよ」

では誰が敵で、誰が本当の味方なのだろう。今の立佳が信頼出来るのは、鬼塚以外に誰もいないのだろうか。

まだ生き延びているのは、のこのこ東京タワーの爆発現場に出て行かなかったせいだ。そして今日、鬼塚はゆっくり出来ないせいで欲求不満の下半身を持てあましながら、グランドと警察庁の一室に閉じこもっていた。

昨日、東京タワーを訪れた人間を、防犯カメラに収められた映像で確認している。

「面白い仮説だ。イサオ、君は脚本家になれるよ」

画面を注視しながら、グランドは小声で言う。

「小泉を知ってるマシューだったら、この説に頷いてくれると思ったがな」

「ああ、あり得るな。もしこの話を持ってきたのが、他国の警察だったら、ファルコンは受けなかったかもしれない。もうこの三年で、かなり稼いだだろう。わざわざ危険な相手と組むのは、それなりの見返りがないとな」

「そうだよ。俺を苦しめるって見返りがあるから、こんなバカな話に乗ったんだ……」

ビデオは逆回転させていて、就業間際の入場客から見ていた。

爆発があったのは売店で、どうやら置かれていた商品の中に、爆発物が隠されていたらしい。使ったのは帝王《ていおう》ホテルのシャンデリアを落としたのと同じ、プラスチック爆弾だった。

「米軍のほうは、すでに調査に入っている。日本では入手の面倒なプラスチック爆弾を使用しているのは、ファルコンの欠点だな」

「そこから足が付くってか？　だがその前に小泉は、日本から逃げ出せると思ってるんだろう」

鬼塚は画面を見ながら、木之下に呼び出されてなかなか戻って来ない立佳のことを心配していた。

自宅を爆破されたことは、かなりショックだっただろう。なのに立佳は引き下がらない。そこに見かけとは違う、立佳の強さを感じた。

最初から立佳は、小泉の貢ぎ物だったのだ。それが分かってもなお、鬼塚は立佳に惹かれる。鬼塚を守ると、涙を浮かべて言われた。そんな顔を見てしまったら、鬼塚は自分の気持ちを抑えることはもう出来ない。

「一番怖いのは、生き延びても何もすることがなくなることだな」

グランドには本音が言える。だから思ったままを言ってみた。

「緊張感のない生活をしたことがない。マシュー、あんたは引退したらどうする？」

「そうだな……毎日、犬と散歩して、夜にはテレビを観る。そんなことの繰り返しだろう」

「耐えられるか？」

「さぁ……まだ経験していないからな」

画面には様々な人が映っている。けれどどこにも小泉らしき姿はない。完璧に変装されていたら、見極めるのは至難の業だった。

「もしイサオの説が正しいなら、発案者の勝利だな。来年度からテロ対策の予算は増し、国民の注目も集まる。彼らはヒーローになり、より権力は集中するだろう」

「実際に自分の命を危険に曝したことのない、頭でっかちのやつらが考えそうなことさ。ケツに思い切り噛みついてやりたくなってくるな……んっ？」

そこで鬼塚はビデオを止めた。そして煙草を手にすると、ゆっくりと火を点ける。

「ファルコンか？」

「いや……とんでもないもんが引っかかった。そうか……おかしなことするガキだと思ってたが、こいつも雇われてたのか」

鬼塚は煙草の先で、画面に映ったパーカーにジーンズといったありふれた恰好《かっこう》をした若者と、ライダーズ姿の若者の姿を示す。

六本木《ろっぽんぎ》のクラブで、おかしなパーティを主催している王李白《おうりはく》と、その側にずっとついていた若者だった。

「そうか……そういうことか。最初はウィルステロを狙ったが、あまりにも危険過ぎるから、小泉を雇って爆発テロに方向転換しやがったな。見ろよ、マシュー。大きなバッグを持ってる。この中に恐らく売店で売ってるのと同じ物が入ってるんだろ」

「商品を入れ替えたってわけか？」

「ああ、そうだ。先にグッズを買っておいて加工する。万引きには厳しいが、商品を置いてくるのはそんなに怪しまれないだろ」

「こいつはファルコンの仲間か？」

「いや……小泉はこんなやつらと組まない。恐らく雇用主が、小泉のアシスタントとして使ったんだ」

王李白の顔をじっと見つめて、鬼塚は哀しげに呟《つぶや》く。

「急いで助けてやらないと、やつは消される可能性がある。いや、もう消されたかな……。可愛い顔したボウヤだったのによ」

「報告しないのか？」

グランドは自分達の会話が聞かれていないか、周囲を警戒するように目を向けた。けれどパソコンとモニターがずらっと並んだこの部屋には、他の職員は誰もいない。

「したらもっと危なくなる。こいつには何の義理もないが、大切な証人になるかもしれねぇからな。とりあえず保護してやるか」

「どこに保護するつもりだ」

「ヤクザが彼を招待したがってるんでね。大切に扱えと言っておくさ。マシュー、すまないがこれから先は、俺一人で行く。いろいろと助けてくれてありがとう」

煙草をもみ消し、鬼塚は立ち上がった。するとグランドは、画面の再生をそのまま続けながら、いかにも見ているようなふりをして言った。

「イサオ、ファルコンを生きたまま逮捕したい。スタンドプレイは歓迎しないよ」

「そうだな……。だが俺も黙って噛まれてるだけの弱い犬じゃないんでね。このまま犯人にされて、消されるのはごめんだ」

立佳は何をしているのだろう。このまま警察に置いていくべきだろうかと鬼塚は悩む。けれどすぐに答えは出た。

離れてはいけない。小泉がどこにいるか分からない以上、立佳を一人にしておくのは危険だった。

「マシュー、やっと出会っても、生かしておくよう努力する。もし……俺に何かあったら、せめて爆破犯人じゃないと証明してくれ」

そのまま部屋を出た。そして近くにいた職員を捕まえ頼み込む。

「阿達を捜してるんだが。ＣＩＡも休憩だ。軽く食事したい」

わざと英語で話し掛けてやった。すると事情をよく知らない職員は、もごもごと何か口にしていたが、すぐに立佳を呼びに行ってくれた。

しばらくして立佳が戻ってきたが、その顔は心持ち青ざめている。鬼塚はわざと気がつかないふりをして、少しおかしな発音の日本語で話し掛けた。

「阿達さん、ミスター・グランドがコーヒータイムを希望してる」

「ああ、それでしたら僕が買ってきます。自動販売機のじゃ嫌でしょう？」

「コーヒーの銘柄にうるさいんだ。一緒に行くよ」

さりげなく立佳の腕を取り、鬼塚はエレベーターへと向かった。エレベーターに乗り込むと、立佳はメモ帳を取りだし急いで何かを書いた。

『追跡装置と盗聴器を付けられた』と、英語で書かれたメモを見て、鬼塚はわざと大きな声で言う。

「東京タワーって、人気があるんだな。朝からあんなに客が来てるとは思わなかったよ。午前中から調べてるが、この調子じゃ夜中までかかりそうだ」

「あちらのお二人には、サンドイッチのほうがいいですか？　それともバーガーがいいかな」

「日本のバーガーじゃ、パテが薄くて駄目だろう」

「最近は肉厚のもありますよ」

そうして話している間にも、立佳は速記のような速さで英語を綴《つづ》った。

『昨日、東京タワーに行かなかったことがばれてる。爆発事件のことは、無視されて、イサオの家の場所ばかりをしつこく訊かれた。ホテルにいたと言った』

「警察で経費が出るなら、夜は天ぷらとか食べに行きたいな」

「難しいですね。よろしければ、僕がご馳走しますよ」

「そりゃ悪いよ」

「そんなに値段の高いところじゃありませんから」

エレベーターが到着する。その前に鬼塚は、素早く立佳からボールペンを奪って書き込んだ。

『トイレで外せ』

盗聴器と追跡装置が立佳に付けられているというのに、尾行までしっかり手配されていた。さりげなく付いてきているが、明らかに刑事の動きだ。

王李白が絡んでいたことまで知らなかった鬼塚だったが、これで警察内部に依頼主がいるという確信はますます深まっていった。

帝王ホテル爆破の時に、鬼塚にアリバイがあっても関係ない。すべて鬼塚が指示を出し、王李白が実行犯という図式にすればいいだけだ。鬼塚と王李白、そして立佳を消せば、すべてが丸く収まるようになっている。

鬼塚はタクシーを捕まえ、コーヒーショップのある場所をドライバーに尋ねた。そして近くですまないねと言いながら、タクシーを走らせる。後ろの尾行二人も、慌ててタクシーを捕まえて追ってくるのが見えて、鬼塚は笑った。

コーヒーショップで立佳にトイレに行かせ、そこですべてを外させた。そのままゴミ箱に放り込み、二人は晴れて裏口から自由な世界に飛び出す。そこでまた鬼塚はタクシーを拾い、今度は少し離れた場所にある駐車場を指定した。

「課長に命じられたのか？」

車の中で、スーツの乱れを直している立佳に訊《たず》ねる。

「ええ、いきなり叱責《しっせき》されました。やはり何だかおかしいです。昨夜、現場に上司も来ていて、しばらく僕らが来るのを待っていたそうですが、それってどうしても必要ですか？　夜のあんな混雑した現場で、携帯もマナーモードにしていたと言い訳しましたが」

「俺達が見つけるためじゃない。小泉が俺を見つけるために、行く必要があったんだろ」

「しかも自宅のことは、軽く無視ですよ。明らかに家の者が、火の不始末をしたと決めつけてるんです。僕の家は、もうガスじゃなくて、電気になっているっていうのに」

立佳はこれで、ますます上司への不信感を募らせただろう。そのほうが鬼塚にとっても有り難い。変に迷われていると、一緒に動くのは難しい。

「これからどこに行くんですか？」

「元カレってやつのとこだ。頼むから、おかしなジェラシーで揉めないでくれ」

鬼塚の言葉に、タクシードライバーがちらっとバックミラーを見たのが分かった。そこで鬼塚は、いきなり低い声で話し掛ける。

「冗談なんだから笑えよ。笑うつもりがないなら、興味なんて示すんじゃねぇよ」

ドライバーがごくっと唾《つば》を飲む。それ以上、何か言われたら困るというように、もう決してドライバーは後ろを見なかった。なのに降りる時になると、鬼塚はわざと一万円札を渡して釣りはいらないと言った。

「あんなことしたら、目立ち過ぎですよ」

タクシーが去った後、立佳は不安そうに鬼塚を見る。

「いいのさ。コーヒーショップにいないと分かったら、警察はタクシーを調べて、必死に俺達の行き先を追うだろう。何しろ印象が強いから、あのドライバーは忘れない。降りたこの辺りで、警察は俺達を探す。時間稼ぎ出来るだろ」

「鬼塚さんが分からない。すべての行動に意味があるんですか」

「生き残る知恵さ」

そのまま鬼塚は歩き出す。大股で歩く鬼塚の後を、立佳は早足でついてきた。しばらく行くと、路上に鬼塚の車が停車していた。

すぐに森下が降りてきて、後部座席のドアを開いて二人を迎え入れる。

「どうだ。白《はく》のガサ、分かったか?」

「はい……。雪代《ゆきしろ》と沢田、張り付かせてます」

報告を受けて、鬼塚は頷く。

「大事な証人だ。連れ出したら、何があっても白を警察から守れ」

森下は頷くと、袋に入ったものを差し出した。鬼塚は受け取り、その重みにほっとする。

「この重さがいいんだよな。命を守る重さだ……」

袋の中には、鬼塚の銃が入っていた。鬼塚は立佳のスーツの前を開き、そこに収められていた立佳の銃をホルスターから抜き取った。

「何をするんです？」

「交換してくれ。悪いが、もし何かあって俺が発砲したら、立佳が撃ったことにしてくれ。小泉を撃った銃が、俺のだとばれるのはまずい。しっかし、本当にこれ、使えるのか？」

立佳のホルスターに自分のコルトを収めると、鬼塚はまたスーツのボタンを掛けてやり、ポンポンと胸元を叩いた。そして立佳の持っていたシグ・ザウエルを手にして、鬼塚はその使い心地を確かめる。

「小泉を撃つつもりなんですね？」

「小泉は白のところに来る。手にしている銃は、きっとコルト・ガバメントだ。俺がそいつを気に入ってることを知ってるからな。それで白を始末して、俺に罪をなすりつけるってのが、筋書きさ」

「そ、その銃じゃ、不利ですよ。使い慣れてないでしょ」

「まぁな。射撃の腕はやっと五分。性能は……日本警察の支給品に期待するしかねぇな」

「す、すいません。手入れは十分にしているつもりなんですが、もし上手《うま》く発射しなかったら、ぼ、僕のせいです」

定期的に手入れはされているだろう。だが、人に向けて発砲されたことのない銃を、鬼塚はその手に馴染むまで弄《いじ》り続ける。

「いいさ……気にするな。立佳のせいじゃない。魅力的なのに十分使いこなしてないのは、立佳のと一緒だな」

「……また……そんな冗談で誤魔化すつもりですか。小泉を……一人で迎え撃つつもりなんですね」

小泉は絶対に王李白のところに来る。そして小泉は、王李白が関係していることを、鬼塚がすでに知っていることに気が付いていない。

今が小泉を捕らえる唯一のチャンスだったが、勝てる自信ははっきりいってなかった。単純に銃撃するつもりなら五分だ。けれど爆薬を持参されたら、明らかに不利になる。小泉はテロに走ってから、明らかに爆発物の取り扱いに対する腕を上げていた。

「援護します」

立佳はホルスターから鬼塚のコルトを取りだし、震える手で弄り始めた。

「やめとけ。そいつはただいま欲求不満中だ。立佳の手で弄られたら、暴発するかもしれない」

「銃はどれでも同じといえるほど、触れたことがないんです」

「そうだな。初めてだったもんな」

「……鬼塚さん……」

立佳は、ちらっと運転している森下に目を向けた。二人の関係がどうなったか、森下はもう知っているのか気になるのだろう。

「森下、俺より先に小泉が出てきたら、迷わずに撃て。遠慮しないで頭、吹っ飛ばしていい。その後は、全員連れて傾正会《けいせいかい》に逃げ込め。あっちで何とかしてくれる」

「鬼塚さん、それは……」

「立佳、今のは聞かなかったことにしとけ。俺の飼い主なんて、おまえが知る必要はない」

ヤクザに身を売った。そのことに後悔はない。少なくとも自分に付いてきた男達を預けても、見殺しにするようなやつらじゃないことは分かっているからだ。

「立佳はすぐにグランドに連絡しろ。グランドが来るまで、たとえ上司といえど一緒に行ったらいけない。その意味は分かるな?」

「は、はい、分かりますが……。鬼塚さん、今の現場の指揮官は鬼塚さんなんですか?」

「最初っから、俺が指揮官だよ。巻き込んじまって悪かったな、立佳」

グランドにはすべて話してある。そして万が一の時には、立佳を守ってくれるようにも頼んであった。

「一緒に中に残ります」

決意を込めた口調で立佳に言われたが、鬼塚は笑い飛ばした。

「分かってねぇな。おまえがいたら、小泉は迷わずにおまえを先に撃つ。そのほうが俺が苦しむと分かっていてやるんだ。そういう男だ。だから下手な手助けはいらない」

「でも……」

立佳の顔が蒼白《そうはく》になっている。鬼塚は安心させるように、立佳に優しくキスをした。

「落ち着け……。俺が死んでも生き延びても、これで終わりだ。いい夢を見せてくれてありがとう。楽しかったよ」

「違う、鬼塚さん、違います。そんなに簡単に諦《あきら》めたらいけないんです」

そうなんでも簡単に諦められる鬼塚じゃない。

だが立佳のことは、すでに諦めがついていた。

所詮、棲む世界が違う。この出会いは、鬼塚にとっては夢のようなものだったのだ。

「事後処理だといって、グランドと一緒にアメリカに行って、ほとぼりが冷めるまで隠れていたほうがいい。その間に……みんな片付くさ」

まだ何か言いたそうにしている立佳の唇を、鬼塚はまた塞《ふさ》いだ。

本当にいい夢を見たと思った。自分には一生縁などなさそうな、血統書付きの綺麗な男を手に入れた。そしてあろうことか、その男は鬼塚を憎むことなく、愛情すら示してくれたのだ。

幸せだからこれでいい。

自分の中で、綺麗にけじめを付けたい。そう思いつつも鬼塚は、心のどこかにまだ未練と呼べるものがあることに気が付く。

「犬と散歩……ビール片手にテレビ。そんなものは……まだいらない」

手には銃がある。性能は定かではないが、戦場では武器を選べないなんてしょっちゅうだったから、そんなことが問題ではないのだ。

「ここで決着つけねぇとな。立佳、頼むから、邪魔しないでくれ。いい夢を見させてもらった。それだけでもう十分だ」

「……分かりました……」

そう言いながらも、立佳は鬼塚のコルトをずっと弄っている。扱いが慣れていないので、鬼塚は受け取り、素早く見本を見せる。

これで戦えないのは、正直言って残念だった。

王李白は古びたアパートに住んでいた。プライドの高そうな男だから、この生活は不本意なものだろう。だから金の誘惑に負けて、おかしな仕事に手を出したのだ。

鬼塚は紳士的にノックした。けれど応答はない。そこで鬼塚は、王李白を保護するために同行を許した立佳に、それとなく合図を送った。

「警察庁の者です。重要な伝言があってまいりました」

その一言で、チェーンをされたままドアが開く。すると立佳は素早く警察手帳を開いて見せた。

「聞かれたくない話なので、中に入ってもいいですか?」

だが王李白は、無言で首を振る。警戒しているのが明らかだ。そこで鬼塚が合図を送ると、いきなり森下がその太い腕を隙間《すきま》に突っ込み、外されていないチェーンをドアにぶら下げたままの状態で、根本から引きちぎってしまった。

鬼塚に気が付いて、すぐに王李白は窓から逃げようとする。けれど鬼塚の動きのほうが早かった。王李白を楽々羽交い締めにすると、足掻《あが》くのをそのまま引き摺《ず》って窓から遠ざける。

「お利口にしないと、その綺麗な顔をぶん殴るぞ。別に手荒なことしたいわけじゃねぇんだから、大人しくしな」

すぐに鬼塚は銃を取りだし、王李白の後頭部に突きつけた。

「時間がねぇんだ。詳しい説明は車の中でしてやるが、今、言えることはこれだけだ。警察はおまえを消すつもりだ。もうじき、爆弾作ったやつがここに来る。生きていたかったら、素直に俺達についてこい。命の保証はしてやる」

「その警察手帳は偽物？」

やっと王李白は口を開いた。

「いや、やつのは本物だ。まだ良心を持ってる、本物の警察官だよ。だがな、その本物も危ない。俺の言ってる意味が分かるな？　おまえを雇ったのは警察の人間だろ？」

またもや王李白は押し黙った。

「ここで撃ち殺されるのと、金をもらって安全な場所に避難するのとどっちがいい？　おまえの雇用主は、それほど優しくねぇぞ。東京タワーの防犯カメラに、自分の姿が残ってるなんて、おまえ知らないだろ。やつらはそれも悪用する気だ」

「えっ？」

思い当たることがあるのか、王李白の顔に緊張感が増した。

「クラブでおまえをガードしてた兄ちゃんと、仲良くツーショットでいるところが撮られてる。このままじゃ、爆発犯に仕立てられて終わりだ」

「何も問題ない筈だったのに……」

「ああ、やつらにとっちゃな。何の問題もない筈だ。詳しいことを知ってるおまえを、消せばいいだけだからな。いいか、保護してやるから、すぐに着替えだけ持ってここを出ろ」

「でも……どこに？」

いきなり言われて、何もかも信じろと言うのは無理だろう。そこで立佳が、すまなそうに王李白に頭を下げた。

「鬼塚さんを信じてください。僕の力だけでは、今はあなたを救えない。申し訳ないです」

「……雇用主の名前は知らないんだ」

王李白はそこで携帯電話を立佳に手渡した。

「連絡専用の電話と言われて貰ったんだ。あんた達の話を信じることにするから、もういらない。やるよ」

「ありがとう。何があってもあなたを守ると約束しますから」

「ちゃんと大学に戻れるようにしてくれ。それくらいしてくれるだろ？」

生意気な王李白の言い方に、立佳は気分を害された様子もなく素直に頷く。

「王様並みの扱いをしてやるから、安心して俺達に任せろ」

そう言って鬼塚は、王李白を追い出した。そして鬼塚は、改めて室内を見回す。狭い室内には物が溢《あふ》れていて、身を隠す場所もない。

まだ立佳がいることに気が付いて、鬼塚は黙って出て行くように手で示した。ところがそんな時に、預けられた携帯電話に着信があった。

「出ろよ。手で覆って、白のふりしろ。録音は忘れるな」

「……はい……」

慣れない携帯にもたつきながら、それでも立佳は録音の準備をして電話に出た。

「はい……いますよ……家に……います」

たどたどしい感じで立佳は話す。携帯電話を持つ手は震えていた。

「はい……わかりました」

切った後も、立佳はじっと携帯電話を握りしめたままで呆然としていた。

「何だって？　ここにいろって指示だろ」

「……はい……バイク便で金を送ったから、ここにいるようにって」

「バイク便か……。そうか……気が付かなかったな。それなら移動も楽だし、怪しまれること
も少ない。どうした？　それだけか？」

立佳は救いを求めるように鬼塚を見ている。その瞬間、またもや鬼塚の中で謎が一つ解けた。

「電話の相手は、木之下だな？　あの課長だろ？」

「……声が、そっくりでした……」

「そんなもんさ。だけどやつは、上司から誘われて断れなかっただけかもしれない。そう思え
ば楽だろ」

「鬼塚さん、僕はもうどうしたらいいのか分かりません……」

震えている立佳を、抱き締めて慰めたい。

だがそれをしたら、諦めた心が挫《くじ》けてしまいそうだった。

「俺にも答えはやれない。なぜなら俺は正義の人じゃないから。俺がおまえを助けたのは、小泉に近づくためと、欲望に正直になったからだ。もう何もしてやれることはない。証拠を出来るだけ集めて、公安の調査室に飛び込むのもいい。グランドを通して、外部から揺さぶるのもいい。好きにしろ」

「……ここにいてはいけませんか？」

「ああ、駄目だ。さっさと出て行け。もうすぐバイク便が来るから……」

鬼塚は脱ぎ捨てられた服もそのままの、汚れたベッドに座った。そして煙草を取りだし、口に咥《くわ》える。火を点けると、飲み残しの缶コーヒーを取り寄せ、そこに最初の灰を落とした。

「あまり近くにいないほうがいい。小泉はすぐに気配で気が付く」

「分かりました、司令官……」

立佳は、似合わない敬礼をして出て行く。鬼塚は微笑みながら、再びドアに鍵を掛けて、ゆっくりと煙草を吸った。

小泉を誘った時のことを、なぜか思い出す。

性器に触れようとしたら、驚いたように全身で拒絶された。そこで鬼塚は、素直に引き下がった。

あれがいけなかったというのか。

立佳を無理やり奪った。なのに立佳は、こうして鬼塚から離れずに側にいる。もし鬼塚が撃たれたら、きっと立佳は涙で汚れた目で、鬼塚の仇《かたき》を取ろうとするだろう。

拒否されたので諦めた男に執拗に追われ、拒否されながらも手に入れた男には慕われている。

皮肉なもんだなと、鬼塚は立佳の銃を手にしながら思った。

「チャンスは一瞬……。やつはドアを開いた瞬間、迷わずに中にいる人間を撃つ……」

ふと鬼塚は、くしゃくしゃになったベッドを見下ろす。

「古典的な技でも使うか……」

毛布を引き剝がし、かき集めた服で寝ている人のように形作ると、再びすっぽりと上から毛布を掛ける。そこまではよかったが、鬼塚は自分の大きな体を隠す場所に困った。

「よくここまで育ったもんだ。ガキの頃は、年中、殺されそうになってたのにな」

父親の暴力から逃れるためにどうしたのか。

今頃になって思い出し、鬼塚は苦笑する。

「これで撃たれたら、あんまり格好のいい死に方じゃねぇな」

押し入れを開き、鬼塚は中を確認した。そしてまた笑った。

もう押し入れに、簡単に隠れられるような子供じゃないことに気が付いたのだ。

玄関を入ってすぐの狭いキッチン。そのまま寝室になってしまうので、もはや身を隠す場所もない。


「隠れるなってことだな」

だが唯一、身を隠せる場所を鬼塚は発見した。

窓の外には、小さなベランダがあったのだ。その先は隣のビルの壁になっていて、ほとんど陽も射さないベランダには、履き古した靴が何足も転がっていた。

「……安い靴、履いてたんだな。靴は無理しても、高い物を買ったほうがいい。そのほうが、楽に逃げられる」

鬼塚は誰にともなく呟くと、ベランダに出て新たな煙草に火を点ける。

きっと小泉が来るまで、ここで何本も吸い続けることになるのだろう。煙草が無くなる前に来て欲しいと、鬼塚は願っていた。

鬼塚が死ぬかもしれない。

木之下がこの一連の爆破事件に関係している。

証拠の携帯電話、証人の王李白。どちらも手に入った。

立佳の脳裏では、同じ言葉がぐるぐる回っている。

「阿達さん。相手に気付かれないように、身を隠していないとまずいですよ」

アパートの向かいにある家の植え込みに、森下は大きな体を苦労して潜めながら言った。

「……あなた、平気なんですか？　ボスの鬼塚さんが撃たれるかもしれないのに」

「自分、鬼塚さんを信頼してますから」

ぼそっと言うと、森下は自分の銃を確認し始めた。

「あなたも傭兵だったんですか？」

「いや……自分、東雲《しののめ》塾《じゅく》の門下生です。ご存じないですか？」

「知りません」

「軍事訓練をしてくれる私塾でした。そこを出てから、しばらく東南アジアで、海賊退治やってましたが、ある人に呼ばれて、鬼塚さんに付きました。自分は後悔してないです」

「このままじゃ後悔しますよ」

あの狭い部屋で、どうやって小泉を迎え撃つというのだ。明らかに鬼塚のほうが不利に思えて、立佳の全身は震え出す。

「おかしいですよね。出会ってまだ三日しか経っていないのに、もう何年も鬼塚さんの側にいるような気がするんです。僕は……あの人を失いたくない……なのに何も出来ずに、こうして待っているだけなんて……」

「でも……生き残っても、阿達さんは鬼塚さんの側にはもういられません。短い間でも、誠意を尽くしてくれたのは、自分としても有り難いと思いますが」

「……そうだな。自分が警察官だってことを、時々忘れる。今は警察官としての誇りすらありません」

赤貧の留学生を騙《だま》して、ウィルスをばらまく実験をしようとした。それが思ったよりまずいことになりそうなので、今度は爆弾テロの専門家を呼び寄せた。

では、何のためにだ。

立佳は納得出来ずに、ぎりぎりと唇を噛みしめた。微かに血の味がして、はっと正気に返ったが、どこにも持って行きようのない怒りが消えることはない。

自分は絶対に正しいと疑うことのない暴君、祖父の姿が木之下に重なった。

祖父を憎んだけれど、決して口答えなどしないままだった。

今になって、そんな自分の姿が腹立たしい。戦えない自分が、情けなかった。

「患者が増えるように、病原菌をばらまいている医者みたいだ」

立住の呟きに、森下は静かに頷く。

「だけどあいつらは、その病原菌に自分達もやられるって頭がないんですよ。いつもデスクの前っていう、安全な場所にいるからね」

森下の言葉に、立住は激しく胸を突かれた。

「そのとおりです。僕もそうでした」

せめてここで鬼塚のために戦いたい。ジャングルの中の戦地ではない。砂漠での戦いでもなかった。

普通の市街地での午後遅い時間、辺りはまるで無人のゴーストタウンのように静かだ。戦場と呼べるような場所ではないけれど、立住にとってここは戦場になった。

「少し悔しいです」

突然、森下がぼそっと言った。

「えっ？　何がですか？」

「そのコルト……」

「これ？」

鬼塚に預けられた銃を、森下は笑顔で見つめる。

「鬼塚さんの一番のお気に入りです。阿達さんに預けたのが……ね」

「あっ……」

たった三日だ。それだけの付き合いの男に、もしかしたら形見になるかもしれない愛用の銃を、鬼塚は預けたのだ。

「そいつは四十五口径ですから、かなり殺傷力がありますが……」

「僕のは三十二口径の警察用のシグ・ザウエルです。もしかしたら……鬼塚さん、かなり不利なことになりませんか？」

「至近距離で撃ち合ったら、そんなに変わらないでしょう。鬼塚さんは、外しませんから」

「もしかしたら……僕のために……」

立佳の身がより安全に守られるように、鬼塚はわざと銃を交換したのではないか。そんな気がしてきて、立佳はまたもや落ち着きを無くした。

「森下さん、教えてください。鬼塚さんが本当に欲しいものって何ですか？」

「……小泉に復讐することでしょう……」

「それだけ？　もっと欲しいものはないんですか？」

「あったとしても、阿達さんがあげられるようなものじゃないです」

「……」

自分が一番危険なのに、鬼塚は立佳を守ろうとしてくれた。そんな思いに応えるために、立佳が差し出せるものとはいったい何だろう。

夢を見させてくれと言われたから、従順に側にいた。

だが立佳がしたのはそれだけだ。

セックスをしたけれど、それがそんなに価値のあるものには思えない。誰とだって出来る。

相手が立佳でなければいけない理由はなかった。

それなのに与えられた代償は大きすぎる。

立佳が手にしている銃は、鬼塚の命そのものに思えた。

「森下さん、笑ってください。たった三日の付き合いなのに、僕は……鬼塚さんに惚れたみたいです」

「別に笑わないですよ。自分も、鬼塚さんに会った瞬間、惚れましたから。だけど勘違いしないでください。そういう付き合いはしてないです」

森下はやれやれといった感じで笑い出す。けれどすぐに二人は、口元を引き締めた。

バイクの音がする。

静かな午後の街に戦車が進入してきたように、立佳には感じられた。

バイクの音がした。それが止むと、階段を上がって二階にあるこの部屋に近づいてくる足音がした。

警戒はしていない。

鬼塚《おにづか》は、自分が先回りしたことを、小泉《こいずみ》に悟られなかったことでほっとした。

おまえでも油断するんだなと、鬼塚は銃を手にして笑う。ここがジャングルだったら、小泉は決して油断しない。

警察関係者に雇われたことによる安心感、そして誰も銃など持っていない、平和な国にいることで、小泉は油断したのだ。

ドアがノックされる。返事がないことで小泉が緊張したのが分かったが、そのままドアをピッキングして、すぐに開いてしまったのはさすがだ。

ベッドは目の前だ。寝ているのかと思ったのか、小泉は声も掛けずに、銃でいきなり盛り上がった毛布を撃ち抜いた。

けれど次の瞬間、小泉の利き腕である右手には、二発の銃弾が食い込んでいた。

すぐに小泉は窓の外に向けて発砲する。

まるでスローモーションのように、鬼塚にはすべてが見えていた。

　カーテンの間、わずか二センチの隙間《すきま》から撃ったというのに、使えそうもなかった立佳《はるか》のシグ・ザウエルは、しっかり仕事を果たしたのだ。

　小泉が咄嗟《とっさ》に撃った銃弾は、カーテンに穴を開けて、隣のビルにめり込んだ。

　鬼塚は先に、窓ガラスの上半分を割っておいたのだ。もし小泉の警戒心がいつもどおりだったら、カーテンの向こうを確かめたかもしれない。窓は閉じていたが、そこにガラスがないことで、異常に気が付いただろう。

　続けて鬼塚は、小泉の右肩と腹部を撃ち抜いた。

　次の瞬間、右腕に焼け付くような痛みを感じたが、そこまでが小泉の射撃の限界だと分かっていた。

　腹を撃たれたのに、小泉はまだ逃げようと足掻《あが》く。鬼塚は室内に飛び込み、その体を思い切り殴った。

　小泉はゆっくりと床に崩れたが、その顔には不敵な笑いが浮かんでいる。

「先回りか?」

「ああ……想定外だろ。悪いが俺もそれほどバカじゃねぇよ。アメリカでは広すぎて失敗したが……ここは狭くて、ちょうどいい」

　小泉に銃を向けたまま、鬼塚は低く呟《つぶや》いた。

「俺のプレゼント……気に入ったか?」

「プレゼント？　おまえを追いかけることがプレゼントだったら、最高のプレゼントに感謝する。この五年間、楽しませてもらった」

「……それじゃない。もう一つのほうだ。好みだったろう？」

「いや……警察官は好みじゃない」

このままにしておけば、小泉は出血多量で死ぬだろう。だがその前に、立佳が救急車を手配するのは明らかだった。

「まだプレゼントはある……。俺を殺したら、止められない。いいのか……」

「爆弾か？」

痛みも感じないのか、小泉はうっとりとした表情で鬼塚を見上げている。その顔を見た瞬間、鬼塚は小泉がすでに何カ所かに、爆弾を仕掛けていると察した。

「毎日……一つずつ……爆発が起こる……」

「関係ねぇよ。俺は正義の人じゃない。おまえが俺を裏切ったから、追いかけていただけだ。そいつを武器にしたけりゃ、警察と交渉しろ」

「……殺せよ……」

「いや、死ぬより辛《つら》い、退屈ってやつをプレゼントしてやる。死ぬまで刑務所にいろ。それもそんなに長くはないかもしれないがな」

その時、ドアから飛び込んでくる人影が見えて、鬼塚は慌ててまだ銃を手にしたままの小泉の手を踏みつけた。

「やっぱりな。コルト・ガバメントか？　了《りょう》、おまえ、グロッグのほうが好きだっただろ。俺の物真似なんてするから、撃っても逸れたんだ」

「鬼塚さんっ！」

立佳が部屋に飛び込んでくる。鬼塚は急いで、踏みつぶしたままの小泉の指を開き、銃をその手から奪い取った。

「早過ぎる。もう少し失血しないと、小泉だったら平気で撃つぞ」

銃を立佳に向かって放ると、鬼塚は怒りを込めて睨《にら》み付ける。

「グランド捜査官には連絡しました。救急車も手配します。小泉……了。あなたを、建造物破壊容疑、銃刀法違反、殺人未遂の罪で、逮捕します」

立佳は警察手帳を、横たわる小泉の眼前で開いた。そして震える手で、小泉の血だらけの手に手錠を塡《は》めた。

「……綺麗《きれい》な男だ……」

小泉の呟きを、立佳は訊《き》いていなかった。すぐに救急車と、警察庁への電話対応に追われていたからだ。

鬼塚はそんな立佳の手に、シグ・ザウエルを握らせる。そして立佳のスラックスの後ろポケットにねじ込まれたままの、自分のコルトを取り戻した。

「心臓……撃たなかった……な」

もう小泉の声は、囁《ささや》くように小さくなっている。いつの間にか散らかった床に静かに血が広がっていて、王李白《おうりはく》の物を次々と汚していた。

「おまえを殺さないと、グランドと約束した。俺は……約束は守る」

パトカーのサイレンの音がする。

鬼塚はそのまま外に出ようとして、立佳の腕を引いた。

「小泉から目を離すな。だがあまり近づかないほうがいい」

「鬼塚さん、撃たれてますよ」

「だから何だ。こんなもんどうってことねぇよ……。後は、上手《うま》くやれ。それとしばらくは家に戻るな。届いた荷物は、相手を確認してから開けろ。それと……」

今頃になって、撃たれた右手が痛みだした。

けれど鬼塚は気が付いている。この痛みには、もう一つ別の痛みも加わっていると。

「いい夢だった……」

そのまま鬼塚は外に出て、急いで階段を駆け下りる。するとすぐに森下《もりした》の運転するクラウンが近づいてきた。

すぐにドアを開いて、鬼塚は乗り込む。

「パトカーに捕まるなよ」

「分かってます」

ゆっくりとクラウンは走り出す。前方から赤色灯を回転させ、サイレンを鳴らしている救急車が近づいてきた。

森下は車の速度を下げ、路肩に寄せて救急車を行かせる。

細い道を抜けると、その先は広い道路になっていた。信号は青になっている。パトカーとすれ違ったが、何の問題もなく行き過ぎることが出来た。

「どうするよ、森下。何だか、また生き延びちまったな」

「……とりあえず、新宿の闇医者のところに行きますか?」

「ああ……どうやら貫通したらしい。いてぇな……」

もう右手は痺《しび》れたようになって動かない。鬼塚は仕方なく、左手で煙草を取りだした。

「あっ、森下。どっかコンビニ寄れよ」

「何です?」

「最後の一本だ……」

箱の中に残っていた一本を左手で口に押し込むと、続けて左手でジッポーの火を点《つ》けた。

だが期待したほどの旨さは感じられない。

何の味もしなかった。

「いいんですか、あのまま一人にしといて?」

「もうパトカーが到着してる。心配はねぇよ」

「これからですよ。信用出来ない警察に、あのまま置いておくんですか」

「ガキじゃない。あいつなら……一人でジャングルを抜けられる」

そしてジャングルを抜けた先には、家族や同僚が拍手と熱い抱擁で出迎えてくれるのだ。

だからもう鬼塚は、立佳に近づくことは出来ない。

「鬼塚さん……本当に欲しいものって何です?」

「ああ?　煙草……空だ」

「……それ以外にありますか?」

「何だよ、じゃ鎮痛剤。マジでいてぇな」

傷の痛みは、鎮痛剤で消える。けれどもう一つの痛みは、何を使っても消えることはない。

たった三日で、心に小さな傷をこしらえた。それを失恋などというチープなカテゴリーに、簡単に収めてしまうのは鬼塚としては面白くない。

だが事実だった。

三カ月が過ぎた。立佳はニューヨーク州にある刑務所を、検察官と共に訪れていた。

重傷だった小泉は、容態が安定したと同時にアメリカに連れ去られてしまった。そして医療施設の整った刑務所に収監され、そこで治療を受けている。

あまりにもいろいろとありすぎた。小泉が倒れた三日後、テロリスト対策課の署員の家が爆発し、署員は死亡した。続けてもう一人は車が爆発して死亡。木之下《きのした》は自宅マンションの十四階のベランダから飛び降りた。

まだ意識不明だった小泉を、日本国内で取り調べ収監すべきだと力説していたのに、小泉が超法規的処置で、アメリカに強制送還された直後だった。

意識を取り戻しても、小泉は事件に関して何も喋《しゃべ》らない。あまりにも喋ることが多すぎて、順番を考慮しているのかもしれない。少しずつ小出しにしていけば、それだけ判決が下されるのは遅くなる。その間は生きていられるのだ。

日本での二件の建造物破壊など、小泉にとっては自分の積み重ねたキャリアのうち、語りたいほどたいしたことではないだろう。

それにもし小泉を雇ったのが本当に死んだ三人だったら、しっかりと片は付けている。もう語りたいことなどない筈《はず》だ。

刑務所内の取調室で、立佳は小泉と対面した。

まともに立って歩いていた姿を見たのは一度だけだ。次に小泉を見た時は、撃たれて倒れていた。

髭《ひげ》も綺麗に剃り、頭髪も短く刈られた小泉は、どこか達観した僧のような雰囲気がある。刑務所から与えられた、濃紺のリラックスウェアが、余計にそう見せているのかもしれないが。

「やぁ……右手はね、完全に動かなくなったんだ」

そう言うと小泉は、左手で握手を求めてくる。

立佳は両手でその手を握った。

小泉を撃ったのは、立佳ということになっている。

東京タワーの来場者の映像確認をしていて、以前から知っていた王李白の顔を確認したから、現場での話を聞こうと王李白の家を訪れた。そこでたまたま小泉に出会い、銃撃されて撃ち返したというのが、立佳なりに用意したシナリオだ。

なぜかその話の中に、鬼塚は一切出てこない。ＣＩＡの協力者としての名前も残っていないし、あの日、グランドと一緒に映像を見ていたという事実も、すべてないことになっていた。

誰もが、そんな偶然を本当は信じていない。けれど誰もが、立佳の咄嗟の勇気ある行動を称賛した。

王李白は、小泉から金を貰《もら》い、売店に東京タワーの縫いぐるみを置いてきただけだと供述し

った。

察に自主してきた。そういう筋書きになっているが、出頭したのは木之下が飛び降りた翌日だ

た。その夜、爆発があったのを知り、怖くなって知り合いの家に逃げ込んだが、説得されて警

「東京都の建造物破壊行為に関して、調書を取らせていただきたいのですが」

立佳は検察官を紹介し、検察官が質問事項を読み上げるのを黙って聞いていた。渡米して二十五年になる小泉のために、検察官は日本語と英語、両方で質問を繰り返す。

犯行方法についてては、あっさりと小泉は供述した。貧しい留学生だった王李白を、自分の代わりとして、爆薬をセットした縫いぐるみを運ばせるために雇ったことも認めた。

けれど依頼主に関しては、決して口を開かない。それがプロの意地というものなのだろう。

そして三人の警察官の死に対しては、自分は関与していないと否定した。その頃にはもう自分は撃たれていて、意識不明だったというのが、小泉の言い分だ。

だが果たしてそうだろうか。時限装置があるだろうと、執拗《しつよう》に追及されても、小泉は決して自分がやったと認めなかった。

「ここで俺がこれ以上何か喋っても、刑が変わることはないんだ。悪いが、この捜査官と二人だけにしてくれないか?」

そう言って小泉は検察官を遠ざけると、改めて立佳と向き合い、左手でポケットから煙草を取りだし立佳に薦めた。

「いえ、吸わないので。あなたも吸わないのかと思ってました」

差し出された煙草は、鬼塚が吸っているものと同じ銘柄、赤のマルボロだ。そのことに立佳が気付いたのと同時に、小泉は自分で一本咥《くわ》え、ライターで火を点ける。

「イサオのキスの味だ……」

煙を吐き出すと同時に、小泉は呟いた。

「あいつは元気にしてるか？」

「知りません。家も引き払って、どこかに行ってしまいました」

どこに行けば会えるのかと、ここで立佳のほうが訊きたいくらいだ。

鬼塚は消えた。自宅にもいないし、ホテルに宿泊している様子もない。探したくてもここ三カ月、立佳にはしなければならないことが多すぎて、鬼塚を追うことも出来ずにいた。

「もし、また会ったら、最高のプレゼントだったと伝えてくれ」

「……」

「毎日、することがない。生きているのに死んでいる。死ぬよりもっと退屈な人生をありがとうと伝えてくれ」

自分が殺した人間に対して、罪の意識というものを小泉は抱かない。ただ自分だけを見つめていると、立佳は感じた。

「口外しないと約束します。警察官、三人の死は……あれは、あなたなんですか？」

やはりどうしてもこれだけは知りたい。

「正確には二人だ。最後の一人は、心がタフじゃないから、俺がわざわざ手を下す必要なんてなかったんだよ。残されたら、自滅すると読んでいた。正解だっただろ？」

「……はい……。資金は、どこから出ていたんでしょう？」

「金か……麻薬取引で押収した金らしい。半分しか受け取ってないよ。返す気もないけどな。契約不履行だ。俺を……逃がせなかったし、半金の振り込みもない。イサオの命も、くれなかったしな」

だが警察は威信を守るために、そんな事実もすべて、うやむやなままに終わらせてしまうのだろう。

三人の警察官は、犠牲者として死んでいく。民間人に、人的被害はなかった。警察の努力で犯人は逮捕されたのだから、これですべてがうまくいったと、警察は早々に事件のファイルをすべて閉じるつもりなのだ。

立佳は虚しさに、胸が潰《つぶ》れそうだった。

「鬼塚さんを、愛していたんですか？」

だからわざと、意地の悪い質問をしてみた。すると小泉は、穏やかな笑顔を浮かべて答えた。

「俺が最初に人を殺したのは十二歳の時で、やった相手は義父だった。ずっとやつにおもちゃにされててね。そのせいで性器が壊されたんだ。いつか復讐しようと思ったが、銃撃は簡単すぎたな。つまらないから、腐るまで何日も、やつの体に弾を撃ち込んだもんさ」

「えっ……」

「イサオに誘われた時、自分がエレクトしない体だと知られるのが嫌だった。本当は、やっとなら寝てもいいと思うくらい好きだったのに……」

「小泉さん……それは……」

「あいつは優しいからな。俺が興奮しないと分かったら、二度と誘わなくなると思ってた。お互いに楽しむのがセックスだと、イサオは信じてるから……。だがそんな心配する必要はなかった。俺が相手にしないとなったら、すぐに諦《あきら》めて他の男を誘い出したからな」

立佳は両手を揃《そろ》えて膝の上に置き、背筋を伸ばしたままで小泉の言葉を聞く。

こんな言葉を聞いても、今さら何にもならない。なのに立佳は、カウンセラーか牧師のように、これまで誰にも語られなかっただろう小泉の嘆きを聞いていた。

「いつかイサオと義父が、俺の中で混同されるようになった。撃ってしまったら、それで終わりだ。やつをもっと苦しめないとと思うようになって、俺はあいつが寝た男が、戦地で死ぬようにいろいろと工夫したもんさ」

「もしかして……僕もその中に入っていましたか？」

「そうだな……王李白の次は、あんたの番だったよ」

そこで立佳は頷《うなず》く。不思議と怒りがこみ上げてくることはなく、哀しい思いが深まっただけだった。

「イサオは、自分の射撃の腕がよくて、勝てたと思ってるんだろうな。だけど違う……部屋に、あいつの吸った煙草の匂いが残っていて、俺は……一瞬、戸惑ったんだ」

小泉はもう立佳を見ていない。

過ぎてしまった時間を巻き戻し、あの現場に心を戻している。恐らく小泉は、白い病室の壁に心の中の映像を映し出し、何度も同じようにあのシーンを繰り返し見ていたのだろう。

「撃ったら……終わりだ。一瞬の死は……苦しみも与えない。そんなものは罰じゃない。むしろ救いだ」

小泉はだらんと下がった右腕を掴む。そして自嘲《じちょう》気味に笑った。

「イサオもそれを知ってる。優秀な兵は一撃必殺、たとえ敵兵といえども苦しませない。なのに、見ろよ、この腕」

「……」

「CIAと約束したから、俺を殺さなかったんじゃない。イサオはあの時、犯人を射殺した警察官にあんたをしたくなくて、わざと生かしておいたんだ。結局、最後にあいつはあんたを選んだ。十五年、あいつの頭の中にいた俺じゃなくて、ほんの数日一緒にいただけの、あんたを助けたんだよ」

鬼塚の行動には、すべて意味がある。それは分かっていた筈なのに、立佳もそこまでは考えていなかった。

「鬼塚さんも、ずっと苦しんでいましたよ」

「ああ、だがそれも終わった。俺の死刑が執行される頃には、あいつの頭に俺のことなんてほとんど残ってないだろう。唯一失敗したと思うのは……あいつがどこかの港町で、嫉妬《しっと》深い恋人とバーの用心棒かなんかやってる人生を、プレゼント出来なかったことだな」

「……鬼塚さんには、どうやったら会えるんですか?」

ついに立佳は、小泉にその質問をしてしまった。

「さあね。俺みたいに、日本警察の力を借りたらどうだ? それが無理なら、ヤクザに聞けばいい。あんな平和な日本で……あいつが生きられる場所は、そこしかないだろ」

「鬼塚さんが、本当に欲しいものは何でしょう?」

「それを俺に訊くのか?」

小泉は呆《あき》れたように笑う。つられて立佳も、照れたように笑った。

「煙草を吸うのを嫌がらない恋人……」

「えっ?」

「平気で自分の命を差し出す恋人……」

「……」

「セックスなんて、本当はどうでもいいんだ。ただ側にいて……あいつが死ぬとき、手を握っていてやればいいだけさ。そういう男を……俺は……何人も殺した。あいつが泣くのを、見たかったから……」

小泉はまた煙草を取りだす。その手は震えていた。

火を点ける。煙が沁《し》みたのだろうか、小泉の眦《まなじり》に涙が溜まり、すーっと流れ落ちて消えた。

刑務官がそろそろ時間だと告げてくる。立佳は彼が煙草を吸い終わるまで待ってくれと頼んだ。

愛を憎しみに変えてしまった小泉の気持ちを、立佳には理解することは出来ない。そこまで強く、誰かに執着したことなどなかったからだ。

だが鬼塚が、自分以外の男と幸せそうにしている場面を見てしまったら、小泉と同じような気持ちになってしまうかもしれない。

このままでは、やはり納得出来なかった。もう一度、何があっても鬼塚に会い、自分の気持ちを整理したかった。

刑務官が手錠を用意して、小泉に近づく。すると小泉は煙草を灰皿にねじ込み、素直に左手を右手に添えた。刑務官は小泉の煙草とライターを預かり、立たせて獄舎に連れて行こうとする。

小泉は手錠されたままの手を、握手のように差し出した。立佳がその手を握ろうとすると、小泉は顔を近づけてきて、素早く立佳にキスをした。

「イサオに……俺からのキスを届けてくれ」

「はい……届けます」

煙草の味がするキス。

それはきっと小泉が、鬼塚にされた最初のキスと同じ味なのだろう。

玄界灘《げんかいなだ》沖を、夜だというのに大型の高速クルーザーが、かなりのスピードで進んでいた。その先には、小さなランプを点けただけの漁船が一艘《いっそう》、停泊していた。

クルーザーは乱暴にも、漁船に体当たりする勢いで近づき、横に並べて停泊した。

中からは異国の言葉で怒声が上がる。続けて数人が、ライフルを手にして甲板に上がってきた。

けれどすぐにクルーザーの中から銃撃されて、一人、また一人と海中に落ちていく。

「抵抗するだけ無駄だ。生きていたかったら、浮き輪着けて海に飛び込めっ！」

異国の言葉で叫びながら、鬼塚はM16ライフルを手にして、漁船を派手に銃撃する。

「うちのボスはな、薬物が嫌いなんだよ。船ごと焼くぞ。さっさと下船しろっ」

何かを叫びながら、数人が海に飛び込んでいく。残って抵抗するものは、すぐに撃たれて結局は海中に落ちていった。

「爆発まで三分。死ぬ気で泳げ」

船倉には大量の違法薬物が、保冷ケースの中に隠されている。それを船ごと沈めてしまうのが、鬼塚の仕事だった。

平和な日本。そんな幻想を抱いて、みんな生きている。けれど実際は、他の国と同じように汚染されていた。

だが鬼塚は、正義感からこんな役割をしているのじゃない。

ぎりぎりのところにいなければ、生きている気になれないのは相変わらずだった。

「よし、みんな降りたな。森下、火炎瓶、投げ込め」

腕の長い森下は、火の点いた火炎瓶を、次々と漁船の甲板に投げ込む。すると旧式の漁船に、火は広がっていった。

「爆発するぞ。すぐに退却だ」

クルーザーはまたエンジンをスタートさせ、スピードを上げて遠ざかる。それからほどなくして、海上で爆発が起こり、漁船は燃えながら海中に沈んでいった。

「火炎瓶、もうねぇよな?」

鬼塚はまだ少しガソリン臭さの残る船内を確認し、甲板に出てから改めて煙草に火を点ける。

ワークパンツにランニング一枚という姿でも、初夏の夜は寒く感じない。潮風に好きなだけ髪を嬲《なぶ》らせて、鬼塚はじっと遠くの海を見つめる。

船倉では森下達が、せっせと使用した武器を隠していた。

鬼塚の雇用主は気前がいい。だが鬼塚も同じように気前がいいから、こんな仕事で得た報酬はすべて仲間に同じように分配してしまった。

金が欲しいのかと言われれば、そうだとは答える。けれど本当に欲しいものは、金じゃないことぐらい分かっていた。

生きる理由なんてものは、もう見失った。小泉を葬った後、鬼塚には狙うべき敵もいなくなったからだ。

セックスも前ほど楽しめなくなっていた。

なぜか行為の後、相手の男の鼓動を聞くのが癖になった。けれど最初に聞いたあの音と同じ鼓動は、どこにもないのだ。

目を閉じると、今でもあの鼓動が聞こえてくるような気がする。

コトン、コトンと、規則正しく響く鼓動。もたれ掛かる胸は、決して痩《や》せているわけじゃない。かといって盛り上がっているほどでもなく、鬼塚にとって理想の肉付きだった。

「明日は、博多《はかた》でも行って遊ぶかなぁ」

仲間を誘うように言ったけれど、鬼塚の心は昂《たか》ぶらない。それよりもっと危険な仕事を命じられたほうが、元気が出るような気がした。

「森下、また海賊退治でもするか？」

「沿岸掃除も、楽しいじゃないですか。鬼塚さん、何ならこのまま夜釣りと行きますか？」

「いや、変な薬釣り上げるとまずいからな。港に戻って、朝市食堂で飯でも食おう」

「まだやってないですよ」

夜明けにもまだ少し間がある時間だった。それでも心なしか空は明るくなり始め、星達の瞬きも弱く感じられる。

　あまりにも簡単に片付きすぎて、時間に余裕が出来てしまった。これは失敗したなと、鬼塚は苦笑しながら近づいてくる港を見つめる。

　こんな時間でも、港には人が行き来している。早朝に漁に出る船が準備を始めているのだ。

　この港に来る時は、いつも係留する場所が決まっている。そこに近づくと、鬼塚は佇《たたず》んでいる人影に気が付いた。

「よく見つけたな」

　係留作業は皆に任せて、鬼塚はクルーザーから飛び降りた。

「いよいよ逮捕か？」

　こんな時間でこんな場所なのに、立佳は律儀にスーツ姿だ。いつも持っていたバッグを手にして、じっと鬼塚を見つめている。

「昨日、アメリカから戻りました。小泉さんからの伝言を預かってます」

「今さら、何にも聞きたくねぇよ」

「そうですか……だったら……いいです」

　いい筈がない。立佳が気落ちしている様子は、はっきり分かった。

　あのスーツの下に、柔らかな鼓動を聞かせる胸がある。似合わないホルスターに入ったシグ・ザウエルの下に、立佳の心臓があり、誰も聞く者がいなくても、そこから絶え間なく優しい鼓動は響いているのだ。

「どうりでどこにもいなかったわけだ。船で移動していたんですね」

「俺を探したのか？」

「はい……家も引き払っていたし、どうやって探したらいいのか分からなくて、見つけるのがこんなに遅くなってしまいました」

「悪いが供述はしねぇぞ。まさか逮捕状持参ってことはないよな」

立佳は小さく首を振る。

小泉は自分を守ってくれなかった雇用主に対して、きっちり復讐をしていった。そのついでに立佳も狙うかと思ったが、そこまでしなかったのは有り難かった。

「鬼塚さん、俺達、まだやってる飲み屋探して、ちょっと飲んできます。話なら、中でどうぞ」

森下達は船を降りると、立佳に軽く会釈しただけでさっさと船を後にしてしまった。

「おい……待てよ」

「中にビールもありますから……」

「森下っ！　逮捕されるかもしれないってのに、ガードは？」

けれど誰も鬼塚を、立佳から守ろうとする者はいなかった。

「使えねぇやつらだな。しょうがない。ご招待してやるよ」

鬼塚はワークパンツのポケットに手を突っ込むと、先に立って船内に戻っていく。

ヤクザのトップに、組を構えるならそれなりのことはしてやると言われた。だが鬼塚は断った。盃なんてものを交わすつもりはない。そういう感覚は鬼塚にはなかったのだ。

その代わりに船を貰った。警察や、熱心なジャーナリストから逃げるのに、海は最上の場所だった。

「へぇーっ、中は結構広いんですね」

「ああ、バス、トイレ、キッチン、何でも完備だ。ただしベッドは二つしかないから、余ったやつはこのソファで寝る」

「十分、眠れそうですね。広いソファだから」

対面式に配置されている二つのソファは、背を倒せばベッドになるよう作られている。とりあえず定員は四人、鬼塚がいつも乗せているのは、森下と沢田《さわだ》、そして雪代《ゆきしろ》だけだった。

「プレゼントをありがとうと言ってました」

ソファの端に座った立佳の前に、鬼塚はビールとソフトドリンクの缶を適当に置く。そして自分はビールを取り、飲もうとして押し留まった。

「プレゼント?」

「退屈な人生をありがとうって……」

「だったら脱獄でも夢見ていりゃいい。この程度で諦めるようじゃ、あいつもそこまでの男だな。がっかりした……」

「もう一つ、預かっているものがあります」

立佳は立ち上がり、改めて鬼塚の横に座り直すと、いきなり鬼塚の顔を両手で挟んでキスしてきた。

「……何だよ。もう終わったことだろ」

「小泉さんからのキスです。確かに……渡しました」

「小泉がおまえにキスしたのか？」

「はい……別れ際に」

そんなことを決してする男じゃなかった。最初からそういうことをする男だと思っていたら、こんなに憎まなかったかもしれないのにと、鬼塚は複雑な気分になる。

それとも単に、鬼塚が惚れた男の唇を、味わいたかったのかもしれないが。

「鬼塚さんは……とっくに夢から覚めてるんでしょうね。僕は……まだ夢の中にいるような気がします。よければ、殴ってもいいから、僕の目を覚まさせてくれませんか？」

立佳がこういう女々しいことを口にしても、鬼塚は許せる。そんなことを口にする立佳を、可愛いとすら思えた。

「僕は、煙草を吸っても文句は言いませんよ」

じっと鬼塚の目を見ながら、立佳はいきなり切り出す。

「もし、この間のようなことがあったら、命を懸けてでもあなたを守りたい」

「いきなり何の話だ」

「死ぬときに、握る手が欲しくはありませんか?」

「どうしたんだ、立佳?」

謎《なぞ》かけのような言葉を聞いているうちに、突然、記憶の底からある場面が蘇《よみがえ》ってきた。

それは小泉を口説いた時に、鬼塚が口にした言葉だった。

煙草を吸っても文句を言わない。いつでも俺に命をくれる覚悟がある。だけど俺よりそいつは長生きで、俺が死ぬとき、きっと手を握っていてくれるんだ。それが俺の理想の恋人だと。

小泉がそうだと思ったから、鬼塚は言ったのだ。

なのに小泉は、男と寝る趣味はないとあっさり断った。

「もうそんなものが必要ないと言うなら、僕の夢を終わらせてください」

「……無理だ。おまえ、公安の警察官だろ」

そして素晴らしい家族がいる。鬼塚はあの家族から、立佳を奪う勇気はなかった。

「警察庁は退職します。あの事件は、やはりショックでした。二人は爆死ですが、木之下課長は精神的に追い詰められて、自ら飛び降りたんです。一般人の犠牲者が出なかったのは、本当に不幸中の幸いでした。だけど……僕は、正義も信念も見失いました」

「そんなことしたら、家族が失望する」

「別に僕は、家族のために生きているんじゃないでしょ？　そりゃ困ってるなら助けますが、そのためだけに生きるのは嫌です」

鬼塚は煙草に手を伸ばす。

緊張していると、立佳に読まれても構わない。実際に鬼塚は、さっき異国の漁船を沈めた時よりも緊張していたのだ。

「一応、東大の法科卒業なんで、司法試験を改めて受けるつもりです」

「まさか検察に行くつもりじゃないよな」

自分で言った冗談に、鬼塚は笑う。立佳はつられて微笑んだ。

そんな顔を見てしまったからいけない。鬼塚は自分の下半身が、冷静さを失っていることに気が付いた。

「鬼塚さんには感謝しています。僕を解放してくれたから。暴力だけが、自由を奪えるわけじゃない……。薄味の柔らかいものばかり食べさせられているとね、カリカリのベーコンも食べたくなるんですよ」

何かを思いだしたのか、立佳はくすっと笑う。

その口元を見ていたら、鬼塚の中で制御する力がかき消えた。

気が付いたら立佳を抱き寄せ、その唇を貪《むさぼ》っていた。

愛なんてものは、よく知らない。女を愛せるなら、子供を与えてやることも出来るが、どんなに男を愛しても、相手に与えられるものは命くらいのものだ。

だから惚れた相手は、命懸けで守ってきたつもりだった。

なのに守れなかった。だから鬼塚は、死ぬときに握る手を探さなくなったのだ。

「あの日、ビデオはなかったんだ」

唇が離れた途端に、鬼塚は正直に告白していた。

「ビデオ？」

「本当にビデオをセットしておけばよかったと後悔したな。立佳のおねだりポーズ、もう一度見たかったのに」

「嘘《うそ》だったんですね？」

「なのにおまえ、ビデオを取り戻そうともしなかったよな」

「あっ……」

立佳の顔がみるみる赤くなっていく。

まるで変わっていない。あの事件も、立佳の人間性そのものを変えることは出来なかったようだ。

「天然だな、おまえ。詰めが甘すぎるんだよ。そんなことじゃ弁護士になっても、上手くやってけねぇぞ」

「そ、そうですね。そうか、ビデオのことなんてすっかり忘れてた」

「俺は天才的嘘吐きだぞ。それでもいいのか？」

「僕は、日本一下手な嘘吐きです。自分の気持ちに、どうしても嘘は吐けません」

「よせよ……そんな恥ずかしい台詞《せりふ》は……」

聞きたくないと言えなくなった。もっと聞いていたいと思ってしまったからだ。

鬼塚は立佳のスーツをちらっとめくる。仕立てのいいサマースーツの上着の下には、ホルスターはなかった。

「シグ・ザウエル、あの至近距離なら、十分な殺傷力がある。手入れはしてあった。一生、人間に向けて発砲することのない警察官が大勢いる日本警察にしちゃ、いいものを持たせてる。以前のニューナンブよりましだ」

何でそんな話をしているのだろう。スーツを脱がせたくてたまらないのに、鬼塚はわざと自分を焦らして楽しんでいた。

ところがじっと鬼塚を見つめていた立佳の目から、予期せぬ涙が零れて鬼塚は慌てた。

「何だよ……いきなり」

「小泉さんを楽にしてあげることも出来たのに……僕が殺人警察官という汚名を浴びることがないようにしてくれたんですね」

「……ああ……」

左側は撃てなかった。万が一、心臓に命中したら即死してしまうからだ。

小泉を苦しませることになっても、鬼塚は立佳を傷つけたくなかったのだ。

鬼塚は立っていって、船内の電気をすべて消した。そして窓のカーテンを下ろし、船内へと入るドアに鍵をした。

そしてソファを一つ倒して、ベッドに仕立てた。

「何もかもやり直しだ。きついぞ……」

「そうですね。でももう変な薬なんて使わないでください」

立佳は自らネクタイを引き抜いた。そこに決意が感じられて、鬼塚は口元を引き締めた。

いつか立佳も、この夢から覚めるのかもしれない。その頃には逆に鬼塚のほうが、夢から覚めないままになるのかもしれなかった。

それでもいい。明日のことを悩む余裕は、鬼塚にはないのだから。

服を脱ぎ捨てた。長時間、海風に吹かれていた体は少し潮臭い。

立佳はやはり恥ずかしいのか、ゆっくりと服を脱いでいる。そこに近づいて、鬼塚は乱暴に残っていた立佳の服を引き剝《は》がした。

すでに立佳のものも興奮している。手に触れると、かなりの硬さが感じられた。

遊びでセックスするような男じゃない。鬼塚と寝てから後、恐らく誰とも触れ合っていないだろう。

立佳の手が遠慮がちに伸びてきて、鬼塚の頰《ほお》に触れる。それが合図のように、鬼塚は立佳を抱き寄せ、唇をしっかりと重ねていた。

子供にするようなキスはしたことがない。いつだって鬼塚にとって、キスは欲望の入り口なのだ。

立佳から何もかも奪うように、強く舌を吸い込む。すると立佳の舌は、望まれるまま鬼塚の口の中に入ってきた。

好きだとか、愛してるなんて言葉より、こうして舌を絡め合っているほうが、ずっと心を通わせられるような気がする。

ぴったりと体を沿わせると、立佳の鼓動が聞こえてくるようだった。こすれあう下半身は、それだけで互いの欲望の熱さを感じさせる。

キスしたまま、鬼塚は立佳の性器に手を添える。途端にびくっと反応して、すぐに先端が湿ってきた。

「やりたくてたまんなかったのか？」

鬼塚は立佳の手を、自分の性器に導いた。

「何かで濡《ぬ》らさないと、このままじゃ入らない。どうする？」

立佳の喉《のど》が、ごくっと動いた。そのまま立佳は鬼塚の体に触れながら、糸の切れたマリオネットのように、床にしゃがみ込んでいく。

船は波を受けていて、立っているだけでも体が揺れるほどだ。そのせいで体の中心でそそり

立ったものが、立佳の頬を軽く叩《たた》いた。

そんなことでもぞくっとする。なのにもっとぞくっとさせられた。

立佳が口を開き、鬼塚のものを呑み込んだのだ。

さよならも言わずに別れた。鬼塚は自分の中で、これは終わらせなければいけないことだと、覚悟を決めていたのだ。

とうに立佳は何もかも忘れて、警察の出世レースの出走準備に入ったのだと思っていた。

どうやら夢の中に、立佳を置いてきてしまったらしい。

こんなことまでしたいほど、立佳が鬼塚を求めていたなんて思ってもいない展開だった。

「たっぷり濡らしてくれればいい。俺もおまえを濡らしてやるから……」

立佳は苦しそうにしている。慣れないから、呑み込む深さを測りかねているのだ。

そんなことまでしてくれる立佳が、愛しいと思った。

立佳を立たせ、続けてベッドに横たえた。そして鬼塚は、立佳のその部分に舌を這《は》わせる。

濡らしてやらないと、とても耐えられないだろう。

今の立佳だったら、痛みにも耐えるだろうが、あまりにも辛い顔をされるのは嫌だった。

お互いに楽しむのがセックスだ。だから鬼塚は、立佳が狂うほど喜ばせたい。

「あっ……」

最初に上がった小さな声は、波音に消されそうだった。

「ああ……」

次に出た吐息は、海風で吹き飛ばされそうだった。

鬼塚は自分の唾液《だえき》で濡らした指を、立佳のそこにあてがう。そしてゆっくりと、中指一本から挿入を開始した。

「あっ、あああっ」

今度の声は、何にも消し去ることは出来なくて、はっきりと鬼塚の耳に届いた。

そのことで力が与えられたのか、鬼塚は積極的に立佳の体に舌で攻撃を開始する。

「あっ……ああ……体……忘れてない……」

ため息と共に囁かれた言葉に、鬼塚は微笑む。

「そう簡単に、俺からされたことは忘れられないさ」

忘れさせたくない。何度でも、思い出させたい。

指が呑み込まれるような感触がある。鬼塚が自分の性器が、そこに呑まれる瞬間を思って、ぶるっと全身を振るわせた。

欲しいものが何か、見つかったような気がする。

これから激しいセックスをして、その後、立佳の鼓動を聞いて眠りたい。

あれこそが安息だ。

他の誰でも駄目なのだ。鬼塚を本気で愛し、必死に付いてこようとしてくれる立佳の鼓動だけが、鬼塚に本物の安息を与えてくれる。

「眠りたいんだ」

立佳の足を抱えて、薄暗い中その顔を見つめていた鬼塚は、思わず口にしていた。

「立佳の胸で……」

「んっ……だったら、その前に……」

腕を拡げて、立佳は鬼塚を迎え入れる準備をする。

その部分に自身のものをあてがいながら、鬼塚は思わず立佳の手を探す。

この手の感触は、しっかり覚えておいたほうがいい。もし立佳のいないところで死ぬことになっても、幸せな気持ちでいられるだろう。

握った手は、温かく少し湿っていた。こんな手を探していたのかもしれない。

やっと見つけたんだと、鬼塚は微笑む。

外では海鳥の声が騒がしくなり始めた。じきに夜が明ける。そしてそこから、新しい一日が始まっていくのだ。

退職願は受理された。その翌日立住は、不動産業者の案内で部屋を見に行った。

「東京タワーがよく見えるんですよ。それが売りでして」

カーテンも下げられていない窓からは、東京タワーの姿が見渡せる。

「以前の方が越されてから、誰か入居されてましたか？」

「いえ……空いてから一カ月過ぎてないです」

「そうですか」

立住は何もない部屋を見回す。以前はここにベッドがあったなと思い出した。またあれと同じようなものを買うつもりだ。

冷蔵庫と洗濯機、そして電子レンジ。ポットに炊飯器、そんなものの書かれたメモ書きを、立住はじっと見つめる。

「すぐに契約してください。今から、必要なものを買いに行くので」

「いやぁ、よかったですね。人気物件ですから、もう少し遅かったら塞《ふさ》がってましたよ」

不動産業者も不思議に思っただろう。以前の借り主の契約期間が終わりに近づき、更新手続きの問い合わせをしたと同時に、新たに借り主が現れたのだから。

「以前、お住まいの方とは、お知り合いだったんですか？」

「はい……」

鬼塚はあの後、白に無償でこの部屋を貸し与えていた。そして白が祖国に戻ったと同時に、すべてを捨てて綺麗にしてしまったのだ。

船上生活もいいだろう。けれど帰る場所が、一つくらいあってもいい。

立佳はそう思っている。

その日のうちに契約を終えた。自分のための住まいと呼べるものを、立佳は生まれて初めて手に入れたのだ。

真っ先にベッドとソファ、そして小さなテーブルを購入した。すると少しずつ、以前の部屋にイメージが近づいてきた。

続けて電化製品を買う。備え付けのクロゼットに着替えやシーツ、タオル類の予備を仕舞い、さらに食器を二人分ずつ揃えた。

三日目にはすっかり家らしくなってきた。そこで食料品を少し、それとビールを一ケース、そしてマルボロを1カートンと灰皿を買った。

そして立佳は、メールを送る。

『東京タワーがよく見える部屋に越しました。よければいつでも訪ねてきてください。場所は知ってますよね』

窓から見える東京タワーを撮影して、メールに添付して送り届ける。

けれど返事はすぐには来ない。きっと電波が届きにくい場所にいるんだと思うことにした。

夜になって、立佳は久しぶりに自分で料理をした。アメリカに留学していた時以来のことだ。ステーキ肉を買ってきたが、どうにも上手く焼けない。やはり焼きすぎてしまったようだ。

立佳の家は取り壊されていて、すでに土地も売却されている。母は実家に戻り、祖母は伊豆の高齢者専用住宅に入居した。妹はすでに男がいたらしくて、彼の家に転がり込み、父は愛人と堂々と同居を開始した。

たった一発の爆弾で、何もかもが吹き飛んだ。

その代わりに立佳は、真の自由を手に入れたのだ。

チャイムが鳴った。立佳は食べかけのステーキをそのままに、口をナプキンで拭《ぬぐ》って慌ててドアに向かう。

妹にだけは、新居の住所を真っ先に教えてある。心配して様子を見に来てくれたのかと思ったのだ。

確認もしないでドアを開けたら、目の前にスーツ姿の男が立っていた。

「場所、よく分かったね」

「そりゃ分かるさ。ここには二年いたからな」

鬼塚が、手にシャンパンを持って立っていた。

「簡単にドアを開けるな。銃を持った強盗だったらどうする？」

「東京にいたんだ?」

「さぁね……どこにいたのかな」

そのまま鬼塚は部屋に入ってくる。そして窓に近づくと、嬉しそうに笑った。

「いい部屋だな」

「東京タワーが売りなんだって……」

「あれは売り物じゃねぇよ」

そこで鬼塚は、テーブルの上に置かれたマルボロに気が付く。ふっと笑うと鬼塚は、立佳に近づいてきて、軽くキスをしてきた。

そのキスは微《かす》かに煙草の味がする、鬼塚のキスだった。

あとがき

いつもご愛読ありがとうございます。そして初めての読者様、これからもどうかよろしくお願いいいたします。

いつにも増して、男気溢《あふ》れる話になりました。

で、この話の脇役は、東京タワー？　とか、思ってしまったり。

ここ数年、東京タワーのてっぺんまで上ったことがありません。その周辺というか、足下はしょっちゅう車で走ってるんですが。そしてライトアップされた東京タワーは、都内のあらゆる場所から見ていたりするんですが。

今度、その横をすりぬけていく用事がある時、ついでに上まで行ってみようかな。

そういえば東京タワーって、階段でも昇れるんですよね。

途中リタイア、確実です。よく膝《ひざ》が笑うとか表現されるけど、大爆笑になりそう。

三日間、椅子に座っていろといわれれば出来る体力はあるけれど、東京タワーを駆け上がる体力はありません……。

なのに自分の書いているキャラ達のタフなことったら……。

男は知力、財力、そして体力。

さらに包容力に、理解力に、指導力に戦闘力。何て理想を掲げていたら、こんなキャラになったけど、どうして危ない男ばっかりなんでしょう。危険な男ってのは、遠くから見ている分にはいいんですけどねぇ。側にいたら、きっとうんざりしてしまうに違いない……。

イラストお願いいたしました、有馬《ありま》かつみ様。ご多忙の中、素晴らしく美麗な男達をありがとうございます。ああ……東京タワー、そしてさりげなくマルボロ。まさにツボでした。実はキャララフの別バージョンも密かにツボだったり……。眼福でした。ありがとうございます。担当様、今回初タッグなのに、ご迷惑お掛けして申し訳なかったです。これに懲りず、これからもどうぞよろしく。

そして読者様、いつもいつも、お付き合いいただきありがとうございます。様々な創作活動をしておりますが、そんな私の日常や仕事状況などにもご興味ありましたら、私のホームページ『剛《ごう》しいら組』を、チェックなどしていただけると幸いです。

剛　しいら拝

この本を読んでのご意見、ご感想を編集部までお寄せください。
《あて先》〒105－8055　東京都港区芝大門2－2－1　徳間書店　キャラ編集部気付
「狂　犬」係

Chara

狂犬 …………… キャラ文庫

■初出一覧
狂　犬……書き下ろし

2009年5月31日　初刷

著者　剛しいら
発行者　吉田勝彦
発行所　株式会社徳間書店
〒105-8055　東京都港区芝大門2-2-1
電話048-451-5960（販売部）
03-5403-4348（編集部）
振替00140-0-44392

印刷・製本　図書印刷株式会社
カバー・口絵　近代美術株式会社
デザイン　海老原秀幸

ISBN978-4-19-900521-3

好評発売中

剛しいらの本
【マシン・トラブル】

イラスト◆笹生コーイチ

マシン・トラブル
剛しいら
イラスト・笹生コーイチ
君が車を操るように、
私は君の体を支配しよう
GOH PRESENTS
キャラ文庫

参戦するレースは全て優勝を攫《さら》う天才ドライバー・紅蓮《ぐれん》。父親をレース中の事故で亡くした紅蓮は、密かにその真相を探っていた。そんな紅蓮に、父親が所属していたイタリアチームへ入団するチャンスが到来！　ところがオーナーのジュリオは、ドライバーズシートを与える代わりに「私の命令には絶対服従だ」と、セックスを強制してくる。逆らえない紅蓮は、拘束されて夜ごと一方的に抱かれてしまい…!?

好評発売中

君は優しく僕を裏切る
剛しいら
イラスト◆新藤まゆり
二人が愛し合った事実は、
決して誰にも裁けない。
キャラ文庫

剛しいらの本
【君は優しく僕を裏切る】
イラスト◆新藤まゆり

澄田《すみた》正嗣《まさつぐ》は将来を嘱望されるエリート商社マン。だれもが羨む正嗣の秘密——それはゲイであること。ある夜、正嗣は一人の少年を拾う。痩せた体に整った顔立ちの少年はB《ビー》と名乗るだけ。「あんた…優しい？」自ら誘いながら、愛撫には不慣れなB。正嗣はやがて昼間の現実より、素性の知れない少年Bとの生活に溺れていくが…。愛が罪にすり替わる瞬間を鮮烈な筆致で描く、傑作問題短編集！

好評発売中

恋愛高度は急上昇
剛しいら
イラスト◆亜樹良のりかず
「他の男の相手は二度とするな。
俺は遊びでセックスできない」
SHIIRA GOH PRESENTS
キャラ文庫

剛しいらの本

【恋愛高度は急上昇】

イラスト◆亜樹良のりかず

地上三万フィートの翼の上で、抱かれたい…。花邑真理《ななむらまさみち》は、有能な男性キャビンアテンダント。対テロ対策として新設された、特別航空警察の保安官・鴻嶋《こうじま》とタッグを組み、航行中の機内の安全を守ることに。鴻嶋は任務に忠実で硬派、しかも覆面捜査には不向きなほどのいい男！　ひと目で恋に落ちた真理は、なんとか鴻嶋の恋人になろうとするけれど!?　アダルト・セクシャルLOVE!!

好評発売中

剛しいらの本

【顔のない男】

シリーズ全3巻

イラスト◆北畠あけ乃

剛しいら
イラスト◆北畠あけ乃
顔のない男
優しい“兄”の視線に潜む
見知らぬ男に堕とされて…
SHIIRA GOH PRESENTS
キャラ文庫

新人俳優の音彦《おとひこ》に、大手映画会社から出演依頼が舞い込んだ。相手役は天才俳優と名高い飛滝《ひたき》。けれど、出演条件は飛滝と同居すること!? 映画の設定通り、兄弟として暮らし始めたとたん、“兄”として必要以上に甘やかし、触れてくる飛滝。毎夜“弟”を抱きしめて眠る飛滝に、音彦は不安を募らせる。そしてついに、兄弟の一線を越える夜が訪れて!? バックステージ・セクシャルLOVE。